Annette & Norbert Sütsch

CLOCHMAR

eine märchenhafte Freundschaft

Ein kleiner Märchenroman über die Liebe und das Leben aus der Sicht einer philosophierenden Hündin.

Dieses Buch ist nie vergriffen und über den klassischen
Buchhandel und über Internet-Buchhandlungen zu bezie-
hen.

Nähere Information unter www. Clochmar. de

Herbst 2001

Ein „Books on Demand" Roman

© Annette Sütsch

Umschlaggestaltung: Manfred Jakubke, Berlin

www.mjakubke@t-online.de

Herstellung: Books on Demand GmbH

Printed in Germany ISBN 3-8311-2558-9.

Ganz lieben Dank an Dieter, Christa, Roland, Dagmar und Carlo, ohne deren Hilfe dieses Buch nie entstanden wäre.

Ganz besonderen Dank an Manfred Jakubke für die intensive Unterstützung bei der Umschlaggestaltung.

NEUE FREUNDE

Der müde und matt gewordene Sommer hatte sich von seiner besten und sonnigsten Seite gezeigt: er war heiß und lang, aber nicht stickig gewesen. Der Mistral hatte immer wieder für frischen Wind gesorgt. Doch richtig frischen Wind in mein Leben sollte erst der Herbst bringen. Hinterher ist man eben auch als Hündin stets schlauer.

Die Sommerzeit ist meine beste Schlemmerzeit, müssen Sie wissen. Da sind die Herzen meiner Fütterer warm und offen und die Näpfe voll und lecker bestückt.

Leider ging diese Schlaraffenland-Phase nun mit dem Beginn der nachts manchmal schon herben Herbstluft langsam vorüber.

Die Häuser in meinem Revier wurden nach und nach abgeschlossen und die Klappläden der Fenster und Terrassen-Türen sorgsam verriegelt für die viel zu lange Zeit der kurzen Tage mit den ungemütlich kühlen Nächten.

Nur ganz vereinzelt blieben Fütterer zurück, die wie ich das ganze Jahr hier in der Provence in Sichtweite des Meeres verbringen. Sie würden auch diesen Winter mein Überleben mit Fast-Food Konserven sichern. Zum Jubeln war das nicht, aber Dosenkost ist besser als Hungerfrust.

Selbst die meerblauen Klappläden von meinem Lieblingshaus nahe meines Heimat-Gartens wurden für die kühle, karge und stürmische Jahreszeit bis zu dem irgendwann wiederkehrenden Frühling verrammelt - dachte ich. Aber es sollte alles anders kommen in diesem seltsamen Herbst, der mein Leben von Grund auf veränderte.

Die Federflieger schliefen bereits in den Büschen und Ästen, aber der Mond hielt sich noch hinter den Berghügeln versteckt, als sie angefahren kamen. Zu zweit. Ein Mann und eine Frau, beide nicht mehr die Allerjüngsten, aber noch fit und schlank. Ihr Auto war blau, klein und vollgestopft und sie waren geschafft.

Die beiden stiegen aus und gingen die ersten Schritte wie zwei Pferde, die bei einem Rennen eine Runde zuviel gedreht hatten. Ihre Stimmen klangen gereizt wie das Gebell meiner Artgenossen, wenn sie sich gegenseitig beschuldigen, den letzten Knochen geklaut zu haben. Ich kannte das. Alle, die hier ankamen, hatten zunächst eine Saulaune. Bis auf ganz wenige Ausnahmen.

Dabei hatten die beiden Neuankömmlinge noch Glück. Bis gestern hatte es geregnet, was so früh im Herbst selten genug vorkommt. Nur weil ich mich hier verdammt gut auskenne, kauerte ich auf einem leidlich trockenen Plätzchen in dem verwilderten Garten, der weder zu meinem ehemalige Zuhause noch zu meinem Lieblingshaus gehörte, sondern zwischendrin lag. Und niemand kümmerte sich darum. Das war die Gemeinsamkeit, die dieser Garten und ich hatten. Um mich kümmerte sich auch niemand. Man kann sagen, dieses vergessene Stück Land zwischen meinem einstigen Zuhause und meinem jetzigen Lieblingshaus gehörte mir. Mit den wild wuchernden Pflanzen und den tellergroßen Blättern der opulenten Büsche bot mir das Terrain einen hervorragend geschützten Beobachtungsplatz. Ich wurde nicht gesehen, konnte aber alles sehen, was drüben, in meinem Lieblingshaus mit den meerblauen Klappläden, passierte. Wobei es mich sehr verwunderte, dass um diese Jahreszeit überhaupt noch etwas an dem Haus geschah, das im Sommer meine beste Futterquelle war.

Die Schlüssel für die zwei Eingänge des Hauses fanden die beiden Ankömmlinge unter der Matte vor meiner Terrassen-Tür, dem schönsten Zugang am Haus: dem Süd-Eingang, meinem Eingang. Es gibt noch zwei andere Möglichkeiten, in das zweistöckige Wohn-Gebäude rein und wieder heraus zu kommen: auf der kleinen Nord-Terrassen-Ebene hinten zur Küchentür, und für den oberen Stock die blöde schwere West-Haustür, die immer - wie von einer bösen Zauberhand gelenkt - gnadenlos schnell zuschnappt und außerdem vier Betonstufen davor hat. Beides Wahnsinn und völlig unnötig. Dem Architekten, der das verbrochen hat, würde ich gern mal ans Bein pinkeln.

Die meerblauen Klappläden an meinem Lieblingshaus gingen auf und das Licht ging an. Drinnen und auf der Terrasse. Das sorgte meist für einen Stimmungswechsel bei allen angeschlagen angekommenen Fütterern, vor allem, wenn dazu noch die Heizung und die kalte Schatztruhe in der Küche wie Katzenbastarde schnurrten und geräuschvoll funktionierten.

Bei diesen beiden Spätjahreszeitlern schien das in meinem Lieblingshaus der Fall zu sein, denn ich konnte beobachten, dass sie lachten und sich umarmten wie Schiffbrüchige, die eine rettende Insel erreicht haben.

So eine Szene habe ich zuletzt vor vielen Sommern bei mir zu Hause, was nicht mehr mein Zuhause ist, in einer Flimmerkiste gesehen. Aber das ist Jahre her und eine lange traurige Geschichte. Jedes Mal, wenn ich daran denke, muss ich schniefen. Doch Sentimentalität konnte ich mir jetzt nicht leisten.

Es galt, sich nicht an abgehangene Gedanken, sondern an meinen knurrenden Magen zu erinnern, denn drüben am Haus kam Bewegung in die Bude.

Der Mann ging zum Auto, das noch auf der kleinen Straße stand, die am Ende keinen Ausgang hat und er versuchte tatsächlich, rückwärts an die Terrassentür meines Lieblingshauses zu fahren. Rückwärts! Ein Spinner; das hatte mir gerade noch gefehlt. Ich befürchtete das Schlimmste. Dieser Idiot. Aber nicht der erste und garantiert nicht der letzte. Die Autos meiner Fütterer haben nämlich hinten so gut wie kein Licht. Das müssen sie einfach irgendwo vergessen haben. Alle. Und die Zufahrt zu meinem Lieblings-Haus war nicht nur steil, sondern auch verdammt eng und an dem alten Maulbeerstamm in der Mitte der Zufahrt musste man wirklich höllisch aufpassen und die Lenkrichtung leicht verändern, weil sonst -krrrr- der Lack ab war.

Mit so einem Kratzer kam Stimmung auf wie bei einer Beerdigung. Schon mit der Schnauze voraus ein Auto die schmale Zufahrt unbeschadet auf das Haus zuzusteuern, war ein kleines Kunststück. Aber es nachts verkehrt herum zu versuchen, das war Wahnsinn, blanker Wahnsinn. Ungefähr so, als würde man einem schwarzen Kastenbastard in einem Tunnel nachjagen.

Gut, dass die Frau wenigstens vor der Terrassentür mit einer kleinen elektrischen Kerze in der Nacht herumfuchtelte. Hoch, runter, links, rechts, wie ein außer Kontrolle geratener Leuchtturm. Wollte sie verhindern, dass er sie umfuhr?

Ich verstand die Signale nicht, aber er. Jedenfalls stand das Auto, das er "Dicker" nannte - was ich bis heute nicht verstehe - keinen Katzenbastard-Sprung von der Terrassentür entfernt. Pas malle Monsieur, Chapeau!

Jetzt hieß es zuzuschauen und zu genießen, wie die beiden ihre wundersamen Koffer und Taschen ins Haus schleppten. Es war für mich jedes Mal erneut ein köstliches Schauspiel, die Fütterer dabei zu beobachten, wie sie alle ächzend und stöhnend ihre Autos leer räumten. Diese Trage-Kisten waren und bleiben mir ein Rätsel:

Im Auto sind sie alle zusammengenommen nicht größer als eine anständige Hundehütte. Aber im Haus füllen sie ganze Schränke und Betten und Garderoben.
Ich habe den Verdacht, die Fütterer wissen selbst nicht genau, was mit diesen verzauberten Koffern und Taschen los ist. Denn jeder zweite knurrt und murrt, dass er das Falsche hinein gepackt hätte.

Jetzt frage ich Sie ehrlich, wer oder was die Fütterer zwingt, das Falsche einzupacken? Glauben Sie mir, ich habe im Laufe der Jahre viele Fütterer kennen gelernt, aber darauf habe ich noch nie eine Antwort bekommen.

Ich erkenne alle Fütterer, die schon einmal hier waren. Blind. An den Geräuschen ihrer Autos, an ihren Stimmen und an ihrem Geruch. Es gibt nette und weniger nette und es gibt welche, die partout keine Fütterer sein wollen. Diese beiden waren zum ersten Mal hier. Ganz sicher. Das roch ich und das sah ich.
So lachten und freuten sich beim Schleppen des letzten Koffers nur Neuankömmlinge, wenn es nicht regnete und sie unten im Hafen die Lichter sahen. Die funkelten wie kleine Kerzen am Meer, die jedem Wind und jedem Wetter trotzen können.
Sie müssen wissen, die Hafen-Uferstraße ist von meinem Revier weit genug weg, um keinen Lärm von ihr zu hören, aber nahe genug, um ihre Laternensterne blinken zu sehen. Ein stetes Wunder aus Licht, das sich für mich allabendlich wiederholt. Eine Art Sternenhimmel auf der Erde, statt am Firmament.

Die beiden Neuankömmlinge waren Romantiker, so wie sie nach der vollbrachten Entladung des Autos auf der Kiesel-Terrasse vor der Terrassentür standen, sich umarmten und verklärt und stumm staunten. Na ja, ich konnte sie verstehen. Das erste Mal diesen Blick von meinem Gelände auf das Meer, die Berge und die strahlende Uferstraße zu haben, ist schon ein Genuß.
Der Mann und die Frau sahen zwar nett aus, und wirkten auf die sichere Entfernung auch durchaus sympathisch, aber beim ersten Anschnuppern hieß es vorsichtig zu sein. Der erste Kontakt konnte über zwei Wochen Schlemmen oder Magenknurren entscheiden. C'est sur.

Und in der Nacht ist ein Hund eher ein Feind als ein Freund, wenn man ihn nicht kennt.

Ich blieb also vorsichtshalber in meinem Versteck im Garten und glaubte, meinen Augen nicht zu trauen: der Mann kam mit einer kleinen Bierflasche in der einen Hand und einem rauchenden Stengel in der anderen direkt auf mein Versteck zu. Ganz tief ducken, sagte ich mir und machte mich dünn wie ein Katzenbastard, der durch ein fast geschlossenes Fenster in das Paradies einer unaufgeräumten Küche flutscht.

Dem Hundehimmel sei Dank: nahe der Schaukel auf dem Kieselvorplatz -an den mein vergessener Garten grenzt- kurz vor der Metallstangen-Konstruktion, die für die kleinen Lärmer der Fütterer gebaut worden ist, blieb er stehen. Und setzte sich samt Glimmstengel und Bierflasche auf das schmale Holzbrett, dessen zwei Schnürkordeln schon so oft gerissen- und ein Stück höher wieder zusammengeknotet worden sind, dass ich, ohne mich zu ducken, unter dem grauen, ausgewaschenen Holzstück aufrecht durchgehen konnte.

Der Mann begann, glücklich glucksend wie ein kleiner Lärmer, zu schaukeln und jubelte über die Sterne, die er über sich sah. Es fehlte nur noch, dass jetzt wieder -wie schon so oft- das linke Seil der Schaukel riß. Dann hätte er wirklich Sternchen gesehen.

Ob Sie es glauben oder nicht, meine Vorahnung sollte sich erfüllen. Nicht in dieser Nacht und nicht bei ihm, aber zwei Tage später, abends, als die Frau schaukelte. Wumms.

Aber der Reihe nach. Als der Mann -unversehrt- wieder von der Schaukel sprang und zum Haus ging, das von der Frau mit all den Sachen aus den Zauberkisten und Tragekoffern gefüllt wurde, fiel sein Blick auf meinen Wassernapf. Den kleinen grünen, der schon seit zwei Wochen trocken war wie die Grasbüschel im Sommer. Damit stand seine erste Prüfung an und er verpatzte sie grandios. Er rief die Frau zur Terrassentür und zusammen einigten sie sich darauf, dass die Fütterer vor ihnen den grünen Napf vergessen haben mussten. Vergessen! Wer vergißt schon einen Napf vor der Terrassentür, deren Klappläden bei der Abfahrt zugemacht und verriegelt werden müssen! Doch es kam noch dicker.

Nach kurzer Zeit korrigierten die beiden ihren ersten Irrtum in einen zweiten noch schlimmeren: nun kamen sie zu der Überzeugung, mein grüner Napf gehöre einem streunenden Katzenbastard aus der Gegend und freuten sich auch noch über diese katastrophale Fehleinschätzung!
Ich vergrub meine Schnauze zwischen den Pfoten und hatte genug für heute. Vielleicht wartete im Schlaf ein Sommernachts-Traum auf mich. Wie konnte man meinen Wassernapf für den Trog eines Katzenbastards halten und darüber jubeln?! Ziemlich verzweifelt trollte ich mich in meine moosbewachsene Nacht-Kuhle in meinem Garten und machte hungrig und verärgert meine Kulleraugen zu.

Am nächsten Morgen krochen kuschelige Sonnenstrahlen über mein Fell und kein feuchter Taunebel trübte die optimistische Stimmung des neuen Tages. Nur mir war flau und gar nicht wohlig. Die halbe Nacht hatte ich, weil ich vor Hunger nicht einschlafen konnte, das Haus beobachtet und gehofft, dass einer von den beiden mal auf die Idee käme, den grünen Napf zu füllen. Von mir aus gern mit Milch für die ach so geliebten Katzenbastarde. Aber Pustekuchen. Allein bei dem Wort knurrte mir wieder der Magen.

Die orangeroten Sonnenstrahlen spiegelten sich, wie immer an wolkenlosen Morgen, auf dem Kojen-Zimmerfenster meines Lieblingshauses, als der Mann, offenbar gut gelaunt, aus der Terrassentür kam und mit dem Auto wegfuhr. Was für eine Chance. Die Frau war jetzt allein wie ich. Sehr gut. Nun stand es eins zu eins.

Während ich darauf wartete, dass sie endlich aus der Terrassentür herauskam, kümmerte ich mich um meine Morgentoilette. Schön leise machte ich - sickersicker - einen See auf einen kleinen Ameisenhügel. Keine angenehme Morgendusche, hihi. Aber die kleinen Biester hatten mich auch schon oft genug gepiesackt.

Merde, merde, die Frau ließ sich Zeit; Zeit, die ich nicht hatte. Es war unbedingt notwendig, mich ihr vorzustellen, bevor der Mann wieder zurückkam.
Sie müssen wissen: Für das erste Anschnuppern ist immer die Frau entscheidend. Wenn die Frau mich mag, kann der Mann machen was er will, sie wird mich verwöhnen.

Wenn die Frau mich aber nicht mag, dann ist es aus mit dem Schlemmerland-Traum bevor er begonnen hat, ganz egal ob der Mann mich mag oder nicht.
Glauben Sie's mir: Fütterer-Frauen scheinen uns Hunde-Frauen sehr ähnlich zu sein, schließlich lassen auch wir uns von keinem Rüden etwas vorbellen. Es gilt, was wir wollen.

Ich will mich kurz fassen, um Sie nicht zu langweilen mit einer Situation, die gut ausging. Schließlich gab es genug andere weniger geglückte, über die es sich lohnt, ausführlich zu erzählen.

Das erste Anschnuppern mit der Frau verlief absolut unproblematisch. Und ihr Gekraule war gar nicht schlecht. Sie hatte viel Gefühl in den Fingern und schöne lange Nägel. Mit ein bißchen Übung konnten das richtige Wonne-Massagen von ihr werden. Mein Optimismus gründete auf der Erfahrung, dass Fütterer ungemein lernfähig sind. Für ein paar dankbare Blicke holen sie einem die Sterne vom Himmel. Beziehungsweise die alten Haare aus dem Fell und das Futter aus der kühlen Schatztruhe. Apropos Futter. Wieso bot sie mir rein gar nichts an? Keine Wurst, keinen Käse, nicht einmal einen Hundekuchen? Ich saß doch so schön artig vor ihr auf meinem Hinterteil, hechelte lieb und wedelte auffordernd mit dem Schwanz.

Die Zeit, mein Bitte-gib-mir-was Repertoire zu steigern, blieb mir nicht. Denn ich hörte das kleine blaue Auto zurück kommen.

Es wäre nicht gut gewesen, wenn der Mann in meine erste Begrüßungs-Begegnung mit ihr hineingeplatzt wäre. Es ist immer besser, wenn die Frau dem Mann von mir erzählt. Männliche Fütterer neigen nämlich manchmal beim ersten Blickkontakt mit mir zu einem Beschützer-Amoklauf und verjagen mich. Nicht weit, aber immerhin. Wenn ihnen dann von den weiblichen Fütterern die Meinung gebellt wird, tut es ihnen natürlich sofort sehr leid, aber auf diesen Stress kann ich verzichten.
Der Mann kam mit vollen Beutetüten zurück und ich ging vorsichtshalber zurück auf meinen Beobachtungsposten in meinem vergessenen Garten.

Der Mann war von ihrer Erzählung über mich offensichtlich sehr angetan. Zumindest ließ er seinen Blick freundlich suchend über meinen Garten kreisen, natürlich ohne mich zu entdecken. Die beiden kamen aus Markland und die Mark-Sprache verstand ich mittlerweile sehr gut. Viele kamen aus Markland hierher zu mir. Markland muss ein ziemlich trauriges Land sein mit sehr viel Regen, Nebel und kalt, kalt muss es in Markland sein. Denn die Markländler freuten sich über das selbstverständlichste hier in meiner Gegend, die Sonne, ausgelassen wie kleine Lärmer; selbst im Herbst, wenn das Sonnenlicht zwar strahlt, aber längst nicht so wärmt wie im Sommer.

Neben Markland-Fütterern hatte ich in der besten Phase meiner Schlemmerzeiten viel Besuch von Frankenländlern, die ich sehr mochte, da sie bei meinem Essen nur das Beste auftischten. Ab und zu kamen Schillinger, die ich nicht leiden konnte, weil sie immer erst kurz vor ihrer Abfahrt die erste Büchse für mich aufbekamen. Mon dieu, wenn Schillinger Hunde wären, käme niemand auf die Idee, dass Hunde rennen können.

Seltener schauen Liraländler bei mir vorbei. Nicht nur ihre Autos, auch sie selbst sind mir zu laut. Ja und auf die Francländler- nicht zu verwechseln mit den Frankenländlern- konnte ich kacken, denn als ich noch ein Zuhause hatte, war es bei Francländlern, die man hier in der Gegend genauso häufig trifft wie Katzenbastarde.

Wo war ich beim Erzählen über die beiden Spätankömmlinge hängen geblieben? Bei dem Mann, richtig, und dass er sich bei der Frau sehr freundlich nach mir erkundigte.

Ohne eingebildet wirken zu wollen, versichere ich Ihnen, dass mir die lebenswichtigsten Worte der verschiedenen Sprachen meiner Fütterer bestens läufig sind. Ich meine natürlich geläufig, kleiner Scherz, hihi.

Zurück zum Ernst des Hunde-Lebens, was die Markländer-Sprache betrifft: "Essen", "mehr", "Platz", "Sitz", "hierher", "komm", "lieb", "nichts mehr" und "genug" verstand ich in dieser, wie in jeder gängigen Fütterer-Sprache.

Wobei ich die Worte "nichts mehr" und "genug" hasse. Doch drüben am Tisch der beiden deutete sich gerade das Gegenteil von "nichts mehr" und "genug" an: er hatte, wie bereits beobachtet, tütenweise leckere Beute mitgebracht und der große ovale Tisch auf dem Platz vor der Terrassentür wurde gedeckt. Mit einer bunten Decke. Das war gut. Fütterer, die den Tisch draußen mit einem farbenreichen Tuch verzieren, sind Gourmets. Wobei ich auch nichts gegen Gourmands habe, da ich selbst beides bin.

Sie ahnen schon, Diätler und Knauserer verabscheue ich. Denn die müssen die Worte "nichts mehr" und "genug" erfunden haben. Mögen sie ihr Leben lang nur noch abgenagte Knochen oder leer geputzte Katzenbastard-Näpfe finden! Ist doch wahr: Wer nichts isst, ist nichts.

Schinken! Frischer Schinken! Kein Zweifel, es waberte von drüben am Tisch der würzige Geruch von zartem, rosarotem, saftigem Schinken herüber. Oh Gott, würde ich bei diesem kulinarischen Paradies meinen Sehnsuchts-Sabber unter Kontrolle halten können? Ohne die Schinkenscheiben gesehen zu haben, wusste ich, dass es die tellergroßen waren. Viel zu groß, als dass die Fütterer ihre Teigunterlagen damit belegen konnten. Formidable. Bei diesem Schinken blieb immer ein riesiges Reststück für mich. Außer bei den Schillingern. Bis die den Schinken selbst gegessen hatten, roch er ranzig.
Aber die beiden waren ja Markländler und die schliefen nicht ein beim Essen. Hatte ich jedenfalls noch nie erlebt.

Meine Nackenhaare formten sich zur Igel-Bürste. Es wurde ernst, bitter ernst. Jetzt war gutes Timing gefragt, die nächsten Minuten entschieden über Triumph oder Tragödie. Ich musste in den Nahkampf, musste mich in das Blickfeld der beiden bringen, bevor der Tisch abgeräumt wurde. Aber weder zu früh noch zu spät. Keine leichte Übung.

Ich weiß aus Erfahrung, dass es den Fütterern immer sehr gut gefällt, wenn ich in einigem Abstand, aber auf Sichtweite, vor ihrem Tisch brav ausharre, bis sie selbst satt sind.
Mich wundert seit Jahren, dass auf diese kurze Entfernung das Knurren meines Magens nicht stört. Aber Fütterer haben keine besonders gute Ohren. Liegen diese paar Katzen-Bastard-Fluchtsprünge als Pufferzone zwischen mir und dem

Tisch, freuen sich die Fütterer über mich wie über einen ver-irrten Wanderer in der Wüste; der sich der rettenden Futter-Oase bereits genähert hat, aber mit Anstand darauf wartet, herbeigerufen zu werden.

Verirrter Wanderer, Oase, - ganz schön kitschig, zugegeben. Naja, Sie ahnen sicher schon, dass ich früher stundenlang vor der Flimmerkiste saß und mir Kitsch reinzog. Aber die Zeiten sind vorbei. Und ich heule ihnen nicht nach.

Jedenfalls nicht mehr. Kitsch macht nicht satt, nur süchtig.

Genug der Philosophie, zurück zum richtigen Leben in meine hungrige Wirklichkeit. Ich trabte nun aufrecht, gespielt neu-gierig schnuppernd, mit unschuldiger Miene aus meinem Garten-Versteck und blieb in der klassisch bewährten Distanz vor den Beiden, die es sich schmecken ließen, auf meinem Hintern sitzen. Welche Qual. Zum Beißen nah die besten Leckereien und doch noch so weit weg! Die Frau lächelte und zeigte auf mich. Danke; perfekt, erste Hürde genommen. Jetzt war ich auf seine Reaktion gespannt. Und Sie werden es nicht glauben: er sah mich freundlich an und er sprach sofort mit mir - ein Verrückter, ein total Verrückter! Kein Mensch oder Fütterer spricht mit einem Hund, wenn er ihn zum ersten Mal sieht! Da ist abtastendes Mustern, kritisches Beäugen und vorsichtige Distanz angesagt.

Sie müssen wissen: Fütterer und Hunde entscheiden in den ersten drei Sekunden über Gut oder Böse. Drei Sekunden Stille, Minimum! Ich kann das nicht beweisen, aber es ist so. Dieser Mann war die absolute Ausnahme von dieser gültigen und tausendfach bewährten Regel. Sein Verhalten war so unorthodox, als wenn mir ein Katzenbastard auf Anhieb sympathisch gewesen wäre. Eigentlich unmöglich. Absolut incroyable. Genauso wahrscheinlich, als ob die Sonne zwei Mal hintereinander aufgehen würde, ohne dass eine Nacht dazwischen liegt, wenn Sie verstehen, was ich sagen will.

Bei dem Mann war äußerste Vorsicht angebracht, er war vielleicht ein verrückter Bier-Nuckler. Das sind wirklich die schlimmsten. Gerade noch stinkfreundlich, sind sie im nächsten Moment, nach dem nächsten Schluck, unbere-chenbar und verletzen einen.

Genau das tat er - glücklicherweise nur mit Worten. Denn er gab mir - einen Namen! Mir blieb der Sabber in den Lefzen kleben: obwohl der Mann mich nicht kannte, nannte er mich frevelhafterweise und unverzeihlicherweise: Clochard. Ja, Clochard!
Das war eine Frechheit, wie sie sich nicht einmal ein Katzen-Bastard herausnehmen würde. Ein Affront ohnegleichen gegen meine Hündinnen-Würde! Ich und ein Clochard! Clochards sind vergammelte struppige Streuner und umher-irrende Heimatlose.

Na ja, heimatlos war ich schon in gewisser Weise, trotz meines vergessenen Gartens, denn zu einer Heimat gehören wohl auch Seelen, die einen lieben. Und das hatte ich nicht. Ich hatte wechselnde Fütterer, aber keine Freunde. Weder vier-, noch zweibeinige. Aber verdammt noch mal, ich hatte Benimm wie ihn kein Clochard hat: ich war höflich, unauf-dringlich, clever und hungrig. Aber hungrig sind Clochards meist auch. Dennoch, zwischen einem Clochard und mir liegen Ozeane und Welten. Mindestens!
Als ich noch mittendrin war, mich über den beleidigenden Namen für mich zu ärgern, korrigierte die Frau das vermale-deite Malheur ihres Mannes wunderbar elegant. Eben so, wie nur wir Frauen einen Faux Pas unseres Rüdenbegleiters ausbügeln können: charmant brillant.
Sie kam auf mich zu, bückte sich, stellte fest, dass wir Geschlechtsgenossinnen waren und schüttelte den Kopf in die Richtung des Mannes. Sie stellte unmißverständlich klar, dass Clochard wirklich kein passender Name für eine Hundedame sei. Im Ernst, sie sagte Hundedame. Sie hatte damit einen Knochen bei mir gut. Doch damit nicht genug.
Sie schlug ihrem Partner vor -mit diesem wunderbaren Ton in der Stimme, der keinen Widerspruch zulässt- mich doch einfach „Clochmar" zu nennen. Er war überrascht und sah für einen Moment aus wie ein Meer ohne Wasser.
Clochmar??? Auch ich hatte echt Mühe, meinen soeben er-haltenen Namen „Clochmar", der mir irgendwie sympathisch war, einzuordnen.

Bitte ersparen Sie sich jetzt den Griff zu dem schlauen Buch, in dem Fütterer immer nachlesen, wenn sie sich mit Füt-terern, die anders sprechen als sie, unterhalten wollen. Ich verrate Ihnen gleich, was Clochmar auf markländisch heißt.

Aber soviel Zeit muss sein, mich kurz darüber auszulassen, was für eine seltsame Spezies die Fütterer generell waren. Man stelle sich vor: sie konnten nicht weit weg voneinander leben, da sie ja alle mit Autos hierher zu mir kamen und bei ihrer Ankunft alle gleichermaßen geschafft waren. Aber sie sprachen alle völlig unterschiedlich. Und trafen beispielsweise die Liraländler auf die Markländler, dann begriff keiner, was der andere sagte. Ich schwöre es Ihnen! Auf mich übertragen hieße das, dass ich einen Hund, der hinter dem Hügel wohnt, nicht hätte verstehen können, selbst wenn er mir seine Liebe gebellt hätte. Wahnsinn.

Mal ganz davon abgesehen, dass ich auf die Hunde hier in der Gegend nicht stand. Bei denen blieb ich knochentrocken wie ein Stück altes Baguette; Sie verstehen schon, was ich meine.

So, nun zurück zu meinem Namen. Clochmar. Das Wort gibt es nicht, jedenfalls in keinem Buch. Man braucht schon ein bißchen Phantasie, um meinen Namen zu enträtseln: Cloche heißt vom Francländischen ins Markländische übertragen - Glocke. Und mare heißt, vom Liraländischen ins Markländische übertragen -Meer. Also hieß ich Meeres-Glocke. Meeresglocke! Tzz, tzz.

Ja, ich musste genauso lächeln wie Sie gerade beim Lesen, denn wieso gaben mir zwei Markländler einen solchen Namen? Ohne Sie enttäuschen zu wollen, muss ich sagen,ich weiß es nicht. Lassen wir es also einfach bei Clochmar und denken nicht weiter über das Warum nach. Oder wissen Sie den Grund, weshalb Sie so heißen, wie Sie genannt werden?

Genug der Philosophie, was wirklich zählt im Leben ist nicht das Gehaltvolle im Kopf, sondern etwas Gescheites im Bauch. Ich sage immer: wer satt ist, kann sich nicht geirrt haben. Und ich war satt nach diesem Begrüßungsmahl bei meinen neuen Fütterern: Schinken en masse, der große, wie es mir meine Nase schon verraten hatte, Käse vom Feinsten und frisches Baguette. Das Brot gab es zunächst ohne, nach einem klitzekleinen Hungerstreik von mir aber mit Butter, wie sich das gehört. Ja bin ich denn eine schnatternde Möwe, die sich mit knorrigen Brot-Krümeln abspeisen lässt? Non.

Nach diesem mehrgängigen Frühstück war ich zufrieden mit der Welt, dem Wetter und mit mir. So konnte das weitergehen. Diese Fütterer hatten Herz und Geschmack. Da sie auch beide kräftig an den dünnen Glimmstengeln saugten, brauchte ich mir, was meine Verpflegung anging, über die nächsten Tage keine Sorgen zu machen. Glimmstengel-Fütterer essen nämlich nie auf, kochen immer zuviel und während sie genüßlich an den stinkenden Halmen dampfen, wird das beste Fleisch, die leckerste Soße kalt - zu meinem Glück. Denn Heißes kann ich eh nicht essen, hihi. Sie merken schon, mir ging es gut, richtig gut.

Ich ließ mir, ein paar Katzenbastard-Sprünge von den beiden entfernt liegend, die Herbstsonne auf den Pelz brennen und genoß es, wie sie sich über mich freuten. Recht so. Und gut, dass sie keine kleinen Lärmer dabei hatten. Kleine Lärmer lenken Fütterer nämlich so geschickt von mir ab, dass es ständig äußerste Präzision verlangt, zu erkennen, wann die Bengels endlich Ruhe geben. Und sich eine Chance auftut, klar zu machen, dass hier noch ein Magen knurrt, nämlich meiner. Aber wozu bei einem strahlend blauen Himmel über düstere Wolken nachdenken?

Ich schrubbte meinen Rücken leicht gegen die kleinen, vom gestrigen Regen noch angenehm kühlen Kieselsteine auf dem Gelände vor der Terrassentür, streckte alle vier Pfoten nach oben und musste mit meinem vollgeschlagenen Bauch aufpassen, das Gleichgewicht zu halten. Haben Sie schon einmal einen Hund die Balance verlieren sehen? Na, die Peinlichkeit werden Sie von mir nicht geboten bekommen.

Mitten in dieses -ja nennen wir es ruhig- Nirwana aus Sonne, Himmel und sattem Bauch, platzte die Besitzerin meines Lieblingshauses. Eine impertinente Person. Ohne dass ich jetzt exakt sagen könnte, was impertinent genau heißt. Aber wenn die Besitzerin meines Lieblingshauses wieder aus dem Blickfeld verschwunden ist, nennen sie viele meiner Fütterer genau so. Also lassen wir es bei impertinent. Was mich persönlich an ihr nervte, war diese verdammte Lügnerei und Rechthaberei wider besseres Wissen. Sie behauptete doch glatt -auch vor meinen neuen Fütterern- dass ich den Nachbarn jenseits meines wilden Gartens gehören würde. Hah! Das war einmal vor langer, langer Zeit, fast schon in einem anderen Leben.

Wie konnte ich jemandem gehören, der mich nicht mehr wollte, der mich verstoßen hatte, der sich um Katzenbastarde statt um mich sorgte?
Meine sonnige Laune war wie weggefegt. Alles hatte sich so gut entwickelt mit meinen beiden neuen Fütterern und jetzt diese scheinheilige Intrige. Ich verzog mich und pinkelte der Hausbesitzerin an die Reifen ihres Autos. Vier schöne Lachen, damit hatte sie nichts zu lachen. Hmhm, Rache ist süß und stinkt.

Danach fühlte ich mich etwas besser und beschloß, in Ruhe in meinem wilden Garten abzuwarten, wie sich die Dinge nun weiter entwickelten.
Wenn die neuen Fütterer der Haubesitzerin die Lüge abkauften, dass ich ein Zuhause hätte, dann hieß das harte Arbeit für mich. Denn mein dickes Fell ließ mich fülliger erscheinen, als ich war. Ja doch, wirklich. Aber daraus zu schließen, ich würde meine drei Mahlzeiten am Tag haben, war für mich ein furchtbar verhängnisvoller Irrtum. Er bedeutete das Joch einer so leicht vermeidbaren Diätperiode.
Es gab nur einen Weg aus dieser Malaise: ich musste die Rudel-Sympathie der neuen Fütterer gewinnen, damit sie mich wie einen vierbeinigen kleinen Lärmer behandelten, sich für mich verantwortlich fühlten und ein schlechtes Gewissen bekamen, wenn ich meine treuherzige und zugleich leidvolle Hungermiene aufsetzte.

Sollte dies schief gehen, wäre ich, wie schon zu oft um diese Jahreszeit, darauf angewiesen, die Miezimiezi-Zwergennäpfe der Katzenbastarde in der Umgebung zu plündern.
Glauben Sie mir, das macht nicht satt, nein, das betäubt gerade mal den schlimmsten Hunger.

Hinzu kam, dass ich in Schlemmer-Hoch-Zeiten praktisch in jeden Katzenbastard-Napf der Gegend schon einmal hineingepiselt hatte. Kein schöner Gedanke, daraus jetzt die Reste schlabbern zu müssen. Aber Not kennt kein Gebot und Hunger kennt nur Kummer.

Während ich -versteckt in meinem wilden Garten- die Lage peilte und der abfahrenden Hausbesitzerin die übelsten Splitterknochen-Grüße hinterher schickte, wurde mir klar, dass Fütterer sich das Leben schwerer machen, als es ist.

Sie mögen mich jetzt vielleicht für arrogant halten, aber heißt es nicht in fast jeder Fütterer-Sprache, dass mit vollem Bauch nicht gut zu denken ist?
Falsch, völlig falsch. Gerade mit vollem Bauch lässt sich gut und gemütlich denken. Oder glauben Sie, ich hätte ohne mein üppiges Frühstück derart entspannt daliegen, und darüber nachdenken können, dass das Leben so voller Geheimnisse und Überraschungen steckt, dass es sinnlos ist, zu spekulieren, was sein wird, was kommt, was der Morgen bringt? Es ist doch immer so, wie es ist. Und wenn satt sein das Denken verhindert, bleib` ich lieber ein blöder, aber satter Hund.

Diese Einsicht war so beruhigend, dass ich einnickte und erst gegen Abend wieder aufwachte, als durch die Terrassen-Tür ein paradiesischer Duft meine Schnauze kitzelte: Schweinekoteletts, kein Zweifel, da lag saftig fette Beute in der Pfanne. Ohne Sie jetzt nerven zu wollen, haben Sie schon einmal darüber nachgedacht, woher der Ausdruck kommt: Schwein gehabt?! Voila.

Meine Taktik, den Tag so zu beenden, wie er begonnen hatte, nämlich schlemmend, war einfach: ich musste möglichst nahe heran an den Tisch im Zimmer mit der Terrassentür. Katzen-Bastarde haben es da leicht: sie springen wie selbst-verständlich auf einen der freien Stühle, in Tatzenweite von den Köstlichkeiten. Aber eine ganze Portion wie ich auf einem Stuhl, -das kann nicht gut , sondern eher abwärts gehen. Sie sehen, das Leben ist nicht gerecht, jedenfalls was Hunde und Katzenbastarde angeht. Darüber wird noch ausführlich zu berichten sein.

Man fällt nicht mit der Tür ins Haus und man streckt seine Schnauze nicht in die Küche, solange dort noch gearbeitet wird. Soviel Benimm muss sein, richtig?!
Also kauerte ich mich auf den kleinen Terrassentür-Absatz und warf der Frau, als sie den Tisch mit flachen Näpfen be-stückte, meine herzigsten Blicke zu. Das kam viel besser an, als ich vermutet hatte. Denn sie sorgte sich darum, dass mein Futter-Spähplatz vor der Terrassentür zu kalt für mich sein könnte. So viel Mitgefühl hatte ich von Fütterern noch nie erlebt. Mir wurde warm um's Herz.

Was dann geschah, drückte mir fast die Tränen in meine Kulleraugen: die Frau ging zum Auto und brachte mir eine Decke! Eine wohlig warme Decke als Unterlage, damit die herbstliche Abendkälte, die feucht auf den Steinabsatz kroch, nicht durch mein Fell dringen konnte.

Liebe ist, einander warm zu halten, sagte der Mann, als die Frau ihm erklärte, dass sie es nicht über`s Herz gebracht hätte, mich draußen auf dem blanken Stein liegen zu sehen.

Ich wusste von diesem Moment an, dass diese beiden Fütterer anders waren, als all die anderen. Dass sie meine Freunde werden sollten, ahnte ich damals noch nicht. Aber ich ahnte, dass die beiden auf die Lüge der Hausbesitzerin mit meinem angeblichen Zuhause nicht hereingefallen waren.

Kaum lag ich auf der Decke, hatte ich Bilder in meinem Kopf von früher, von ganz früher, als ich noch klein und umsorgt war in meinem Zuhause. Seltsam, dass man Menschen und Situationen vergessen kann, aber die Gefühle im Inneren des Herzens irgendwie bleiben. Es waren schöne Erinnerungen, die mich, während ich dalag, Jahre zurück treiben ließen. In Zeiten, als ich gekrault, gestreichelt und mit mir gesprochen wurde. Als ich liebevoll angenommen war als eine Seele auf vier Beinen, die Schutz braucht und Schutz gibt.

Ja, verdammt lang` her, dass mit mir gespielt und mit mir gelacht wurde. Mein Herz krampfte sich zusammen wie eine zuckende Venusmuschel, als meine Gefühle mich daran erinnerten, dass es für mich einmal ein Leben gegeben hat, in dem ich allen alles verzieh und mir von allen alles verziehen wurde; weil niemand von uns etwas wirklich böse gemeint hatte. Und wir einfach nur Spaß miteinander wollten und natürlich volle Näpfe. Wie will man denn lachen können, wenn man nichts zu beißen hat? Apropos beißen, da war sie wieder, die rauhe Wirklichkeit in Form meines unüberhörbaren Magenknurrens. Genug der Nostalgie-Gedanken, es galt, das neue kleine Paradies in Gestalt von Schweinekoteletts zu erobern.
Was viel einfacher war, als ich befürchtet hatte. Als wäre es das selbstverständlichste auf der Welt, füllten mir meine beiden Fütterer, nachdem sie gegessen hatten, einen Napf mit köstlichen Sahnesoße-Nudels - ich sage immer Nudels statt Nudeln, weil das einfach besser klingt.

Dazu gab es Knochen, die üppig etwas drumherum hatten. Ich hätte die beiden schnäuzeln können. Dieses Abendmenü versprach den Beginn einer wunderbaren Freundschaft, wozu es nach vielen Umwegen auch kommen sollte. Aber der Reihe nach.

An diesem Abend und in dieser Nacht ging es mir so gut, wie lange nicht mehr. Ich war zum Platzen satt und schlief, nachdem ich meine Toiletten-Runde gedreht und zwei Katzen-Bastarde in die Flucht geschlagen hatte, wunderbar auf meiner neuen Decke vor der Terrassentür. Stark regnen durfte es allerdings nicht, sonst würde ich diesen warmen Platz gegen einen wenigstens leidlich trockenen drüben in meinem wilden Garten tauschen müssen.

Denn Schutz vor den Tropfen hatte ich hier an der Terrassen-Tür nur wenig und der Mistralwind, der bei Regen selten lange auf sich warten lässt, würde mit voller Breitseite in mein Fell pfeifen und die Regentropfen unter das kleine Vordach drücken. Darauf konnte ich verzichten. Ich rollte mich zusammen und trollte mich in meine Träume von damals, als ich klein und glücklich war. Kein Nachtregen störte meine bunten Hundedamen-Phantasien.

Erst im Morgengrauen begann es zu tröpfeln.
Tja, der Himmel ist selbst hier, an der Cote d`Azur, nicht immer blau. Aber meistens.

Ich will Sie jetzt nicht ausführlich mit meinen wunderbaren Frühstücks-Gelagen und meiner Vollpension bei meinen neuen Fütterern nerven. Gehen Sie einfach davon aus, dass es mir diesbezüglich sehr gut ging. Die Festtage mit Kaninchen, Fisch und Hühnchen wechselten sich ab mit Dosen-Fastfood. Aber bitte, schließlich ist ja auch nicht die ganze Woche Sonntag.

Viel interessanter war, wie meine Fütterer und ich miteinander, statt nebeneinander, zu leben begannen. Mein neuer Name, Clochmar, also Meeresglocke, erwies sich dabei als sehr hilfreich, denn wer sich mit Namen ansprechen kann, hat schon eine erste gemeinsame Basis. Doch, wirklich, ein Name ist wie ein Futternapf: die Grundlage, dass sich etwas, oder möglichst sehr viel, ergibt.

Und es ergab sich, dass meine beiden Fütterer am Tag nach ihrer Ankunft und als sich der kurze, störende Regen völlig gelegt hatte, die Gegend ein wenig erkunden wollten. Na da gab es doch keinen besseren Führer als mich. Ich kannte schließlich jede Hofeinfahrt, jede Straße, jeden Weg, jeden Pfad, jede Abkürzung, fast jedes Gebüsch. Während meiner Diät-Perioden war ich schließlich gezwungen, über jeden Wegesrand-Krümel glücklich zu sein, denn an volle Mahlzeiten war da nicht einmal zu denken. Also hatte ich mich darauf spezialisiert, bei der gebrechlichen Frankenländlerin, die an sonnigen Tagen immer dasselbe Stück auf dem Klavier spielte, ganz zufällig vorbei zu spazieren, wenn sie mit ihrer ollen kleinen Blechkiste, den Rücksitz prall belegt mit überquellenden Plastiktüten, die Bergstraße zu ihrem Haus hinauf töftöftete.
Sie schien nur Klavierspiel-Laune und Hunger zu haben, wenn gutes Wetter war. Ich habe sie in den ganzen Jahren nie bei Regen einkaufen fahren gesehen. Seltsam. Gut, dass der Himmel hier auch nach dem Sommer mehr Sonne als Wolken hat, sonst wäre ich womöglich an schlechtem Wetter verhungert. Das muss man sich mal vorstellen.

Satt werden lag bei der ergrauten Frankenländlerin allerdings nicht drin. Sie servierte mir, an dem Pfeiler der Einfahrt zu ihrem Haus, immer nur eine flache Dose in einer zwergenhaften Katzenbastard Fastfood-Größe, Marke Napoleon. Sie kennen doch diesen Gnom, wie ich, aus der Flimmerkiste, oder? Ist auch egal, glauben Sie mir, diese Portionen waren so klein wie er. Aber in der Not frißt der Teufel Fliegen und besser einen Mini-Happen, als gar nichts kriegen.

Warum ich Ihnen das erzähle? Weil das Haus der Frankenländlerin das einzig dauerhaft bewohnte Anwesen auf der Straße, hoch zu dem Aussichtsrondell war, und ich ihr an den Einfahrtspfeiler ein kleines dampfendes Ei legte. Damit meine neuen Fütterer erst gar nicht auf den Gedanken kommen sollten, ich hätte hier eine Essensquelle. Kein Hund kackt auf ein Terrain, wo er verwöhnt wird.
Aber mit verwöhnen hatten die Napoleon-Konserven nichts gemein. Sie ließen mich immer nur auf bessere Zeiten hoffen, auf Schlemmerperioden, wie jetzt endlich mal wieder eine angebrochen war.

Ganz ehrlich gesagt, empfand ich die Knauser-Kost bei der Frankenländlerin als bruchstückhafte Wiedergutmachung für ihr laienhaftes Klavierspiel, vor dem es für meine Ohren keine Deckung gab. Nirgends.

Vorbei an der Frankenländlerin-Auffahrt, nahmen wir den Straßenweg hoch zum Hügel und passierten das Anwesen der Liraländler, die, wie viele hier in der Gegend, noch andere Häuser haben müssen. Denn die Häuser hier stehen wochenlang leer, werden aber regelmäßig geputzt. Wirklich wahr. Ich weiß das, weil ich den kleinen Kastenwagen der Frau kenne, die literweise Citronenduft-Flaschen in die Häuser kippt. Na ja, wer`s mag. Ich finde, dass die Häuser danach immer so riechen, wie der blanke Operationstisch, auf dem ich einmal kurz lag.

Sie wollten mich damals mit einer langen Nadel piksen, aber ich habe so ein Theater gemacht, dass sie den Operations-Tisch-Raum danach renovieren mussten und ich von jetzt auf gleich kein Zuhause mehr hatte. Das war allerdings nicht der Grund für meine Heimatlosigkeit, sondern nur der letzte Auslöser.

Das lange, sanft gewölbte Dach des Liraländler-Hauses war übrigens eine Augenweide: die altrosa- und ockerfarbenen Halbmond-Ziegel, von der Sonne aufgehellt und vom Regen noch nicht verwaschen, strahlten sanft wie die Schuppenhaut eines steinernen Märchenfischs. Nach diesem Haus kam nur noch der Geweih-Bau, vor dem ich Angst hatte. Er war irgendwie unheimlich, von der Straße weit nach hinten gesetzt und über der Auto-Hütte, die wie ein dunkles eckiges Maul aussah, hing ein Geweih. Mir wird nie klar sein, weshalb sich Menschen damit schmücken, ein Tier erschossen zu haben. Dass man tötet, um zu essen, finde ich normal, aber daraus macht man doch keine Knochenshow. Jetzt stellen Sie sich einmal vor, ich hätte meine Kotelett-Knochen von gestern über meine Hundehütte genagelt. Ist doch irgendwie krank, oder? Ganz davon abgesehen, dass ich natürlich keine Hütte habe und auch keine will.

Das letzte Stück Weg zum Aussichtsrondell war wildes Gelände, wie mein Garten und mir dementsprechend sympathisch. Hier roch es angenehm, nicht nach Operationstisch-Zitrone, sondern nach Thymian, Rosmarin, Lavendel, wildem Mohn und einigem, was ich nicht mit Namen kannte, aber gern anschnupperte.

Nach der nächsten Biegung waren wir am Ziel und meine Begleiter waren glücklich, sich meinen Ausblick anschauen zu können: der Hafen mit der langgestreckten Kaimauer, hinter der die großen Segelboote bei Sturm Schutz finden, teilt das Meer in zwei Hälften, die sich gleichen, wie die beiden Schalen derselben Muschel. Gesäumt ist meine Bucht von bewaldeten Hügeln mit Pinien, Korkeichen und anderen Bäumen, von denen ich nicht weiß, wie sie genannt werden. Dazwischen stehen sand- und erdfarbene Häuser, die sich in die sanft gewellte Landschaft schmiegen, als wären es eckige Punkte auf dem Rücken eines grünen Riesenkäfers. Viel Ruhe hat diese Gegend von hier oben und das Meer spiegelt sich sehr oft in der Farbe des Himmels, mal blau, mal grau, immer anders.

Wir drei sollten auf unseren kommenden Abendrunden noch oft hierher spazieren, zu diesem phantastischen Aussichtsplatz. Meist bei Sonnenuntergang und manchmal mit Rotwein und Bier. Aber dieses erste Mal war für meine beiden neuen Fütterer unvergeßlich. Die Frau sollte später einmal sagen, genauso unvergeßlich wie der erste Kuß. Mit Kuß meinte sie einen Schnäuzler, wie ich nach einigen Tagen herausfand.

Es war das erste Mal, dass mich jemand auf den Hügel begleitet hatte. Obwohl ja eigentlich ich die beiden begleitet hatte. Ist auch egal; was zählte, jedenfalls für mich, war dieses ganz warme Gefühl der Freude, jemanden gefunden zu haben, mit dem sich vielleicht eine Freundschaft entwickelte. Denn wir drei vertrauten uns.

Ich spürte das, als ich den beiden meine Abkürzung von dem Hügel, hinunter zu ihrem Haus und meinen Garten zeigte. Ein schmaler, steiler, geschlungener Pfad durch ein Maulbeer-Baum-Wäldchen führte uns von der letzten Biegung nach der Anhöhe bis fast an die Hauseinfahrt der Frankenländlerin. Ich ging -ganz unauffällig versteht sich- mit unschuldiger Miene zu dem Einfahrtspfeiler und siehe da, mein Ei war verschwunden. Tja, sauber sind sie, die Frankenländler. Ich konnte nur hoffen, dass mich die Sonnenschein-Pianistin bei meiner frechen Stinker-Aktion nicht gesehen hatte. Sonst war es aus mit Napoleon...

Ich hielt mich auf dem Rückweg immer ganz nah bei meinen beiden Begleitern, damit es aussah, als gehörten wir zusammen. Die Katzenbastarde hinter den Oleander-Hecken sollten ruhig sehen, dass ich jetzt auch ein Herrchen und ein Frauchen hatte. Und wir zusammen kleine Ausflüge machten. Das nervte die kleinen Kuschelbiester, das wusste ich. Denn Katzenbastarde dürfen bei ihren Fütterern praktisch alles, außer mit ihnen spazieren gehen. Sie müssen nicht einmal draußen piseln und ihre Mini-Kacke verrichten, nein! Die Fütterer machen ihnen im Haus die Toilette - meist ist das ein viereckiger flacher Plastiknapf - sauber und frisch. Wahnsinn.

Jetzt frage ich Sie: wem sonst wird von einem anderen freiwillig die dampfende Kacke weggeräumt? Niemand. Es gibt für mich nur eine Erklärung: Katzenbastarde haben ihre Fütterer verhext. Mir ist das schon lange klar. Ich weiß nur nicht, womit. Es interessiert mich auch nicht wirklich. Mir würde es völlig genügen, mal von dem Gegenmittel der Verhexerei zu träumen. Mmh, dann, ja dann würde ich alle Katzenbastard-Fütterer mit dem Gegenmittel enthexen und den Mondschein-Maunzern das Licht ausknipsen, will sagen, ihnen ihr bequemes Leben vermiesen.

Ich musste mich wieder auf den Weg konzentrieren und sehr beherrschen, dass ich nicht zu einem meiner gefürchteten Panthersprünge ansetzte, mit dem ich jedem Katzenbastard aus Spaß Angst und Schrecken einjage. Ich witterte die molligen Monster hinter den Hecken und in den Ecken, wenngleich wir sie nicht sahen.

Ein Auto, das ich nicht kannte, kam uns entgegen. Meine beiden glücklicherweise nicht verhexten Begleiter sorgten sich richtig um mich und riefen mich mit meinem neuen Namen Clochmar zu sich her. Unglaublich. Ich tat ihnen den Gefallen, trabte zu ihnen und drückte meinen Rücken an ihre Beine. Endlich, nach so langer Zeit, war ich zwei Menschen nicht egal. Ein wunderbares Gefühl.

Es war ja nicht so, dass ich nicht gewusst hätte, dass ein heimatloser Hund wie ich jedem fremden Auto ausweichen muss, wenn er überleben will. Besonders im Sommer ist die Straße zu dem Hügelrondell ein lebensgefährlicher Parcours. Als ob auf der Aussichts-Plattform die besten Knochen vergraben wären, zieht es die Menschen rudelweise dorthin.

So viele, dass ich glaube, sie können wegen ihrer drängelnden Artgenossen schon gar nichts mehr von der wunderschönen Aussicht genießen. Aber, das ist nicht mein Problem. Überhaupt, heute, nach diesem gemeinsamen Ausflug, hatte ich sowieso keine Probleme mehr. Es hatte uns allen drei gefallen.

Die Laune war gut und das hieß, nach aller Erfahrung: mampfmampfmampf für alle. Also auch für mich.

Ein Überraschungsgeschenk hatte sich das Schicksal für mich am heutigen Abend noch aufgehoben. Nein, das Abendessen meine ich nicht. Das war formidabel, aber schon keine wirkliche Überraschung mehr, eher eine großzügig erfüllte Erwartung. Es war etwas viel schöneres, wie ein Traum, der in der Wirklichkeit endet und gültig bleibt, nicht verfliegt und sich nicht auflöst in der unsichtbaren Grenze zwischen Schlafen und Erwachen.

Die Nacht hatte mit ihren dunklen Wolkenzipfeln den Abend bereits zugedeckt, die Federflieger schlummerten auf ihren Ästen und Zweigen und ich wunderte mich wieder einmal darüber, dass nicht einer von ihnen herunter fiel. Es gibt eben Dinge zwischen Bäumen und Federflieger, die sich ein Hund nicht erklären kann.

Auch nicht erklären kann ich mir bis heute, welches Engelchen meine beiden neuen Bekannten geschnäuzelt hatte, dass sie plötzlich auf die Idee kamen, mir die lange breite Couch im Eßzimmer als Liege- und Schlafplatz anzubieten. Sie meinten es ernst, sie wollten mich in ihrem Haus haben, dazu noch in zentraler Lage! Ich nahm die Einladung an, ehe sie es sich anders überlegten und schwups, lag ich auf meinem neuen Stammplatz. Wunderbar weich, wunderbar halbhoch, wunderbar zentral mit Blick in die Küche, auf den Esstisch und in zwei der drei Zimmer. Nur das Kojenzimmer konnte ich nicht einsehen, aber bitte, einen Hund ging dieser Raum schließlich auch nichts an. Zumal ich alles hören konnte, was im Kojenzimmer geschah, ohne dass ich dies je preisgegeben hätte. Ich genoß und schwieg - auf meiner Couch, die mir wie ein weicher, wahr gewordener Traum vorkam.

Eine kleine Schwierigkeit ergab sich allerdings mit meinem neuen Stammplatz: was, wenn ich nachts einmal raus musste, um meine Toilette zu erledigen? Ein Fenster, durch das ich hätte raus- und reinspringen können, existierte nicht. Denn das Kojen-Zimmerfenster war für mich tabu, es wäre zu aufdringlich gewesen, den Schlaf, oder wer weiß was von meinen neuen Bekannten zu stören. Compris?!

Vor dem Doppelfenster des kleines Zimmers rechts neben der Terrassentür, das theoretisch ideal gewesen wäre, wuchs ein riesiger Aloe-Kaktus. Und sich wegen einer Pisel-Runde das Fell zu ruinieren, nein danke.

Einmal, als ich einen Katzenbastard verfolgt hatte, machte ich Bekanntschaft mit den messerscharfen Dornen dieses unverwüstlichen, krakenähnlichen Gebildes. Meinen Kopf konnte ich damals gerade noch retten, aber meine linke Flanke verhakte sich in den gezackten Stachelrändern der lederharten Kaktusblätter. Es dauerte Wochen, bis sich die Wunde schloss und mein Fell nachwuchs. Seither meide ich dieses Gewächs wie das Anwesen mit dem Geweih. Man muss sich das Leben nicht schwerer machen, als es eh schon ist. Blieb nur noch das Fenster in dem Nordzimmer, aber davor stand ein Bett, kaum größer als ich, für die kleinen Lärmer. Gut, zur Not wäre ich da raus gekommen, aber nie mehr rein. Denn ich bin kein Katzenbastard, sondern eine Hündin, und raus und runter ist immer leichter als hoch und wieder rein.

Das Pisel-Ein- und Ausgangsproblem löste sich, wie so viele Probleme, ganz leicht und von selbst. Meine neuen Bekannten, die ich nicht mehr als Fütterer bezeichnen will, erkannten mein Problem, ganz so, als ob sie meine Gedanken hätten lesen können. Sie ließen die Terrassentür über Nacht einen ordentlichen Spalt weit offen, sodass ich rein- und rausspazieren konnte, wie ich wollte. Sie waren der festen Überzeugung, dass ich jeden ungebetenen Fremden, der es wagen sollte, das Grundstück zu betreten, in die Flucht jagen würde. Womit sie zum Teil recht hatten. Allerdings nur auf vierbeinige Fremde -und besonders auf Katzenbastarde- bezogen. Ich fürchte, einem bösartigen Zweibeiner hätte ich mich nicht in den Weg gestellt und mein Fell riskiert. Damals jedenfalls noch nicht. Heute würde ich es tun, denn heute sind wir Drei Freunde. Und Freunden muss man helfen, egal, was man selbst abbekommt. Denn eine Freundschaft steht unter dem Schutz der Sterne, den Himmel-Lampions unserer Seelen.

Doch, das glaube ich ganz fest. Wer für Freunde sein Leben riskiert und verliert, für dessen Seele ist auf einem Stern ein Platz reserviert, damit die Freundschaft weiter strahlen kann. Sie glauben jetzt vielleicht, das sei sentimentale Hunde-Melancholie; aber ich glaube nun mal, was ich spüre. Woran soll ein Hund denn auch sonst glauben? Außerdem weiß ich, dass dieses Gefühl von mir gültig ist.

Vor vielen, vielen Jahren, als ich nur doppelt so groß war wie ein ausgewachsener Katzenbastard, hatte ich einen Hunde-freund, meinen besten und einzigen.

Er war ungefähr so alt wie ich, so groß wie ich, so verspielt wie ich. Wir waren wie vierbeinige Zwillinge. Wir hatten denselben Hunger, wir liebten dieselben Wege, wir lungerten aneinandergeschmiegt im Schatten, wenn die Sonne brannte, wir hassten und jagten gemeinsam die Katzenbastarde und wir sangen zusammen, wenn der Mond voll und rund war wie ein Eierkuchen. Durch diesen Zwillingsfreund von mir, der wie ich damals keinen Namen hatte, sondern einfach nur da war, weiß ich, dass der Tod zuschlägt, wie ein Klappladen, der sich völlig aus dem Nichts tagsüber schließt, leise zu-schwingt, alles zur Nacht werden lässt, einen vom Licht ins Dunkel stürzt.

Mein Zwillingsfreund hatte wirklich keine Chance, als der Laster fast geräuschlos die Hügelstraße herunter gerollt kam, mit abgestelltem Motor. Ich schwöre, seine Räder klangen harmlos wie ein schneller Kinderwagen. Wir zwei trabten über die Straße, um auf der gegenüberliegenden Wiese die frischen Kräuter zu schnuppern. Ich glaube bis heute, dass der Fahrer des Lasters bremsen wollte, aber es sollte nicht sein. Mein Zwillings-Gefährte stieß mich mit seiner Schnau-ze, als ihn der Schatten des vorderen Reifens erfasst hatte, in den Hintern und ich machte vor Überraschung einen Satz, der mir das Leben rettete. Für ihn gab es kein Zurück vor dem Tod.

Seither habe ich keinen Gefährten mehr, der mit mir streunt, frißt, jagt, kuschelt und herumtollt. Aber die Augen meines Zwillingsgefährten sehe ich manchmal nachts in einem Busch leuchten und seinen Atem höre ich ab und zu neben mir hecheln, wenn ich renne und zur Winterszeit, wenn der Mistral pfeift, wärmt mir seine Nähe das Fell.

Deshalb glaube ich nicht nur an das, was ich sehen und essen kann, sondern auch an alles, was ich spüre.

Mein Zwillingsgefährte liegt in Richtung Sonnenaufgang, am unteren Ende meines wilden Gartens, begraben unter einem schönen sanften Hügel aus Erde und Steinen. Seine letzte Erdenstätte ist längst überwachsen mit himmlisch duftenden Gräsern, bunt blühendem Gestrüpp und die Steine darauf sind mit weichem Moos überzogen.

In Vollmondnächten liege ich auf seinem Grab und wir erzählen uns Geschichten von damals, als wir noch miteinander hier in unserem Revier leben durften.

Ich weiß, dass ich ihn wiedersehe, oben, auf unserem gemeinsamen Stern im Himmel, wenn mein Klappladen mal zuschlägt. Und ich wünsche mir, dass ich neben ihm, in derselben Kuhle begraben werde, wenn meine Erden-Nacht gekommen ist.

Heute, während ich Ihnen das erzähle, weiß ich, dass es so sein wird und dieser letzte Wunsch von mir Wirklichkeit wird. Irgendwann und hoffentlich nicht allzubald.

Der Himmel kann noch auf mich warten. Ich werde hier auf Erden gebraucht.

Am nächsten Tag, besser gesagt, nach der ersten Nacht, die ich paradiesisch wie noch nie auf einer Couch verbracht hatte, stand mein neuer Fütterer-Bekannter mit den ersten Morgensonnenstrahlen auf. Wie ich.

Wir gingen zusammen aus der Terrassentür, fast bis zur kleinen Lärmer-Schaukel, weil sich dort, schon in Sprungweite von meinem wilden Garten, die aufgewachte Sonne am besten auf der Haut spüren lässt. Es gibt an dieser Stelle nämlich kein Blatt, keinen Ast, einfach nichts, durch das sich die flirrenden, mit ihrem orange-blauen Himmelsfächer vom Meer herbeischwebenden Strahlen abschwächen. Es ist eine ganz eigene klare Wärme, die zu dieser Stunde in der Luft tanzt; frisch, warm und kuschelig zugleich. Mein neuer Fütterer-Bekannter mochte dieses Gefühl und diese friedliche Stimmung wie ich. Und als wir da standen, schaute er, was noch kein Fütterer vor ihm getan hatte, ahnend in die Richtung, wo der sanfte Hügel meines Zwillingsgefährten liegt. Und er verstand sofort alles ohne Worte, schluckte schwer und traurig, ging mit mir hin, rückte ein paar vom Mistral verwehte Steine wieder in ihr Hügelbett und versprach mir, niemals zu vergessen, dass ich nach meiner Zeit auf der Erde hierher gehörte. Er würde dafür sorgen.

Ich beschloss, ihn ab diesem Augenblick, der meine Kehle trocken werden ließ, nicht mehr meinen Fütterer oder Bekannten, sondern meinen Freund zu nennen.

Als sich mein neuer Freund aufmachte, um mit dem kleinen blauen Auto, seinem "Dicken" - Sie erinnern sich doch noch an diesen seltsamen Namen- neue Beute zu holen, ließ er, nach kurzem Zögern, die Terrassentür halboffen stehen und bat mich, das Haus und seine noch schlafende Gefährtin zu bewachen.
In meinem Hundeherz ging die Sonne auf. Ich empfand seine Bitte als Ehre, als eine Vertrauensgeste, wie sie mir seit Jahren nicht mehr angeboten worden war.

Wie kam es, dass er und ich uns blind verstanden, ohne miteinander sprechen zu können? Gut, mir war klar, was er mit seinen markländischen Worten meinte, aber woher wusste er, was in meinem Hundekopf vor sich ging? Es gab nur eine Erklärung dafür: er konnte in den Augen von Lebewesen lesen. Wir Tiere beherrschen dies, aber ich habe wenige Menschen getroffen, die diese Gabe mit uns teilen. Was wahrscheinlich daran liegt, dass die allermeisten Menschen sich auf Worte verlassen. Ein dummer Irrtum, denn Worte können lügen und betrügen, Augen nicht.

Ich will Ihnen dazu etwas erzählen, was mich bis heute tief bewegt. Vor vielen, vielen Jahren, als mein Zwillingsgefährte noch da war, hatten wir unzählige gemeinsame Lieblingsbeschäftigungen, was daran lag, dass Hunde nicht zählen können, hihi. Eine davon war, Fütterer zu belauschen, wenn sie ihren kleinen Lärmern Märchengeschichten erzählten. Es war seltsam genug: ich habe nie erlebt, dass ein kleiner Lärmer diese Erzählungen gestört hätte.

Es muss in Märchengeschichten, egal in welcher Sprache sie erklingen, eine geheime beruhigende Melodie sein, die alle Hektik und allen Trotz besänftigt. Wundersam, wunderbar.
In einem dieser Märchen gab es den Satz, dass die Augen die Fenster der Seele sind. Dem stimme ich fast zu, finde allerdings, dass es Türen heißen müsste. Denn Augen sind wie Ein- und Ausgänge zu der Wahrheit, die im Herzen und nicht im Kopf wohnt.

Genug der Erinnerung und Schlaubergerei. Ich musste statt hochfliegend balsamierten Gedanken die naheliegende Gegend im Auge behalten. Denn jetzt durfte beim Bewachen natürlich nichts schief gehen, während mein neuer Freund weg war, sprich, kein Katzenbastard in die Wohnung schleichen.

Ich kannte meine samtpfötigen Streuner-Rivalen zur Genüge und aus leidvoller Erfahrung. Sie lauerten nur auf ihre Chance, mein Lieblings-Haus zu ihrem Terrain zu machen.

Natürlich würden sie nicht durch die Terrassentür kommen, sondern hintenherum, durch die am frühen Morgen noch kalte Küche. Glauben Sie mir, wenn man nicht auf der Hut ist, finden sie immer ein Schlupfloch. Ein angelehntes Fenster reicht diesen Hexenbiestern. Sie setzen sich davor wie die Unschuld vom Provence-Land, schnurren herzzerreißend und lassen ihren Magen knurren, als hätten sie seit ihrer Geburt nichts mehr zu essen bekommen. Doch, schließen Sie mal die Augen vor einer brummenden Katze. Sie glauben, ein Löwe würde vor Ihnen kauern. Und ich schwöre Ihnen, bei einem Katzenbastard im Haus kommen Ihnen die Maden im Speck nach kurzer Zeit als genügsame Mitesser vor. Für mich würde da kaum noch ein Bissen übrig bleiben.

So schnell und gleichzeitig so leise es ging, flitzte ich zu dem kleinen Küchentür-Vorplatz um`s Haus. Außer im Hochsommer ist diese schattig kühle Nordseite kein angenehmer Ort. Ich nenne ihn mal die Hinterhofseite meines Lieblings-Hauses. Zum Mülleimer rausstellen ideal, aber sonst? Rien.

Wohin ich auch spähte, kein Katzenbastard weit und breit - sehr seltsam. Ich konnte sie riechen, aber nicht sehen. Wo waren die Biester? Ihre kleinen Pißpfützen am Rande der Steinplatten vor der Küchenhintertür glänzten noch feucht und frisch.

Ein Geräusch vorne an der Straße machte mir klar, dass sie mich ausgetrickst hatten. Während ich ihnen hier hinten auflauerte, plünderten sie den Mülleimer, den mein neuer Freund vor dem Wegfahren -mit den Essensresten von gestern- gefüllt und auf die Straße gestellt hatte.

Es wäre sinnlos gewesen, den vierpfötigen Plünderern jetzt nachzujagen. Außer ihren frechen kleinen Hintern hätte ich nichts von ihnen zu sehen bekommen.

Ich musste es mir nicht antun, mich darüber zu ärgern, dass die Einfahrt, wo der Mülleimer stand, nach der hinterlistigen Plünder-Orgie der gierschlundigen Katzenbastarde garantiert aussah wie nach einer außer Kontrolle geratenen Vollmond-Party.

Wichtig war etwas ganz anderes: mein neuer Freund musste lernen, den Mülleimer-Deckel mit einem großen Stein zu beschweren, damit sich dieses Desaster nicht wiederholte. Und es musste klar gestellt werden, dass nicht ich der verantwortliche Übeltäter für diese kleine Müllhalde war. Aber wie? Je länger ich darüber nachdachte, desto klarer wurde mir, dass es nur eine Möglichkeit gab, den Katzen-Bastarde das von ihnen hinterlassene Chaos zweifelsfrei anzukreiden. Ich musste die Gefährtin meines neuen Freundes wecken und sie zu dem Tatort der wildgewordenen Tatzenbiester führen. Kein Hund schwärzt sich selbst an. Oder nur ein dummer Hund, der ich nicht war.

Das wiederum hieß, dass ich nicht nur ins Haus, sondern zumindest bis vor ihr Kojenzimmer kommen musste, eventuell sogar noch weiter. Na großartig! Wachen Sie mal mit einem fremden Hund vor - oder im- Bett auf.

Vielleicht verstehen Sie jetzt, weshalb ich Katzenbastarde nicht ausstehen kann. Wenn meilenweit keine Probleme in Sicht waren, sie machten mir welche.

Hat eine Hundeseele eigentlich so etwas wie Karma oder gar Reinkarnation? Jetzt lachen Sie nicht, was meinen Sie, worüber sich meine Fütterer in den lauschigen Nächten auf der Terrasse unterhalten? Über Fußball? Naja, manchmal, aber ab und zu eben auch über all die Fragezeichen der menschlichen Existenz. Und manche von ihnen erinnern sich, wenn sie sehr viel genuckelt haben, sogar an die Zukunft. Doch, hab` ich schon selbst erlebt, besser gesagt heimlich mitgehört. Am nächsten Tag wissen sie von ihren Visionen meist nichts mehr und am übernächsten ist alles vergessen. Was wollte ich Ihnen jetzt eigentlich erzählen? Ah ja, Karma, Reinkarnation, richtig. Also, sollte ich so etwas haben, dann muss ich in einem früheren Leben ein giftiges Katzenvernichtungsmittel gewesen sein. Anders ist das gestörte Verhältnis zwischen mir und diesen Bastarden nicht zu erklären.

Ein traumhaftes Verhältnis bahnte sich allerdings zweifelsfrei mit der Gefährtin meines neuen Freundes an. Meine kleine Schwanzwedel- und Schnauz-Stubs-Aktion vor ihrem Kojenplatz fand sie völlig in Ordnung. Mehr noch, sie freute sich darüber, kraulte mir die Nackenhaare und stand auf. Ein Glück, dass die Sonne schien, dann stehen Fütterer nämlich viel leichter auf, als wenn es regnet.

Ich kann mir das nicht aussuchen, schließlich hängt mein Hunger nicht vom Wetter ab. Sondern nur meine Portionen, nimmt man die Frankenländlerin vom Hügel als Maßstab. Ich hoffte in diesem Moment inständig, dass die ihre Gewohnheiten nicht änderte und heute womöglich schon am sonnigen Morgen, statt nach dem Beute-Holen damit begann, die Klaviertasten zu malträtieren. Um es ein wenig unverschämt auszudrücken, was sonst wirklich nicht meine Art ist: Wenn ihr Geklimper Mozart sein sollte, war ich eine Kugel.

*

Eines habe ich in all den Jahren, als mein Wohlergehen von Fütterern abhängig wurde, gelernt. Der gekachelte Wasserraum ist für mich absolut tabu. Genau da ging die Gefährtin meines Freundes nun hinein. Ich sage Ihnen, dieser Raum ist ein Zauberkasten. Zerzaust, zerknittert und zerknatscht wird er betreten. Strahlend, siegessicher und schön duftend, manchmal auch nur sehr duftend, wird er verlassen. Jedenfalls meistens. Welche Verwandlung geschieht in diesem alltäglichen Jungbrunnen mit Hilfe von prasselndem Wasser? Ich weiß es nicht und ich will es auch gar nicht wissen, denn ich kann Wasser auf meinem Fell nicht ausstehen. Wasser ist zum Schlabbern da und zum Süppchen kochen und damit gut.

Die Gefährtin meines Freundes verließ den Zauberkasten-Raum, im Gesicht bunter und frischer als sie ihn betreten hatte.

Jetzt musste ich sie nur noch zu den Resten der Katzen-Müll-Orgie führen.

Es ist gar nicht so einfach für einen Hund, sich verständlich zu machen, wenn sein Gegenüber nicht weiß, worum es geht. Also rannte ich wie ein geölter Blitz aus dem Haus auf die Terrasse und reckte meine Schnauze zu dem geplünderten Mülleimer, aber sie verstand natürlich nichts. Sie ging nur bis zur Terrassentür, sah hinaus, freute sich über das traumhafte Wetter, machte aber keinerlei Anstalten, mir zu folgen.

Ich wedelte aufgeregt mit dem Schwanz, lief ein Stück Richtung Straße und drehte mich zu ihr um. Endlich fiel bei ihr der Centime und sie kam hinter mir her.

Als ich ihr die Müllbescherung zeigte, war sie fassungslos und fragte laut, wer denn so etwas nur mache. Zu meiner Erleichterung kam sie nicht eine Sekunde auf den Gedanken, ich könnte das gewesen sein. Im Gegenteil, sie lobte mich dafür, das ich ihr das Chaos gezeigt hatte und räumte alles wieder in die Mülltonne.

Als Belohnung, dass ich sie zu der kleinen Müllhalde geführt hatte, erhielt ich von ihr sogar ein extra Würstchen; ja wenn das so war, konnten die Katzenbastarde meinetwegen jeden Tag die Mülltonne ausräumen...

Schließlich machte sich die Gefährtin meines Freundes daran, draußen den großen ovalen Tisch für das Frühstück zu decken. Mit Liebe, mit vielen flachen Näpfen und mit Blumen. Geschmack hatte sie und für mich immer wieder einen freundlichen Blick übrig. Ich erinnere sie an ihren Hund Charly, erzählte sie mir, ganz so, als ob wir miteinander sprechen könnten. Frauen verstehen sich eben, egal ob zwei- oder vierbeinig. Für mich war die Tatsache, dass es einen Charly in ihrem Leben gegeben hatte, eine äußerst wichtige Information. Ich musste die Ohren spitzen, sollte sein Name wieder einmal fallen. Vielleicht konnte es mir gelingen, heraus zu hören, was sie an Charly gemocht hatte. Das wäre ein unschätzbarer Trumpf für mich. Glauben Sie mir, Fütterer sind Gewohnheitstiere. Wenn sie irgend etwas mögen, besonders an einem Hund, erwärmt es ihr Herz immer wieder auf's Neue - wie eine Sonne, die statt am Morgen in jedem beliebigen Augenblick aufgehen kann. Das kann allerdings auch krankhafte Ausmaße annehmen, denken Sie nur an die Plastikfell-Dackel in den Hinterfenstern der Autos. Ja die, die so neurotisch schlaftrunken mit dem Kopf wackeln. Weshalb stellt sich ein Autofahrer so einen dumpf-doofen Dackel ins Fenster? Aus meiner Sicht gibt es nur einen Grund: damit er ihn immer wackeln sieht und sich daran erfreut. Mir blieb jetzt nur die Hoffnung, dass Charly kein solcher Dackel war. Denn nichts und niemand auf der Welt bringt mich dazu, mit dem Kopf ohne Grund wie ein gestörter Affe hin und her zu wippen. Sollte die Gefährtin meines Freundes darauf stehen, was ich mir wirklich nicht vorstellen konnte, musste sie sich schon so einen kackbraunen Plastik-Waldi kaufen.

Oder von ihrer Oma schenken lassen. Kaum hatte ich das Wort Oma angedacht, wurde ich sentimental.

Denn ich hatte leider nie eine Oma, weil Hunde im allgemeinen selten so lange bei ihrer Hundefamilie leben, dass sich die Hundeeltern über die Kinder ihrer Kinder freuen können.

Die Wahrheit für mich speziell war noch trauriger: ich hatte noch nicht einmal Kinder und meine Eltern kannte ich auch nicht. Weder Mutter noch Vater. Ein Fütterer, der sich mit Hunderassen blendend auskannte, vermutete, dass bei mir eine Kreuzung zwischen Labrador und einem Jagdhund stattgefunden hat. Wahrscheinlich hinter einem Holunder-Gebüsch, in irgendeinem Frühjahr, als die Säfte der Natur zu üppig in den Adern meiner unbekannten Vorfahren sprießten.

Gut, hatte ich eben keine Eltern, dafür hatte ich meinen neuen Freund, der mit seinem blauen "Dicken" gutgelaunt und prall bepackt mit duftenden Köstlichkeiten zurück kam.

Er, seine Gefährtin und ich, wir drei wurden mit diesem Tag ein unschlagbares Schlemmer-Trio. Besser hätte es mir bei meinen Eltern auch nicht gehen können. Ich sag's ja immer; was das Schicksal dir auf der einen Seite nimmt, gibt es dir auf der anderen Seite wieder zurück. Man muss die andere Seite nur finden, das ist das Problem im Leben.

EINE FRAGE DES VERTRAUENS

Spät nachmittags begann ich mir echt Sorgen zu machen, um meinen Freund und um meine Gefährtin. Sie hatte nach unserem Frühstücks-Menü mit einer ausgiebigen Kraul-Massage in meinem Fell bewiesen, dass Frauen immer noch am besten wissen, was Frauen gefällt. Aber das wollte ich gar nicht erzählen. Jedenfalls nicht näher.

Zurück zu meinen Sorgen: Mein Freund und meine Gefährtin lungerten bereits seit Stunden halbnackt in der prallen Herbstsonne herum, schoben ihre Sonnenliegen immer wieder aus dem Halbschatten in das sengende Licht und genossen es mit geschlossenen Augen. Meine wiederholten Warnungen nutzten nichts: ich konnte mich demonstrativ von Schatten-Oase zu Schatten-Oase legen, sie ignorierten meine gutgemeinten Hinweise und mich. Was sollte ich tun? Sie anbellen, wie ein Leinenköter, der jedem Federflieger seinen Frust hinterher jault, weil selbst eine Ameise freier ist als er an seiner Kette? Nein, das war nicht mein Stil.

Überhaupt, angeleint zu sein hatte ich noch nie gemocht und die Lederriemen, so rasch es ging, durchgebissen.
Auch eine Möglichkeit, sich zuhause unbeliebt, dafür aber unabhängiger zu machen.

Wir Hunde wurden einst als freie Wesen geboren, wie die Menschen auch. Und nur weil Menschen sich von anderen Menschen und manchmal von ihrer eigenen Angst an die Leine nehmen lassen, brauchen sie es doch mit uns Hunden nicht auch zu tun, oder?

Das jedenfalls war die Meinung meines Zwillingsgefährten und immer wieder, wenn wir in Vollmondnächten mitein-ander gedankeln, sprechen kann man das ja nicht nennen, erzählt er mir solche märchenhaften Weisheiten.
Ich will ihm dann nicht widersprechen, denn schließlich ist er auf einem Stern im Himmel und ich bin viel weiter unten hier auf der Erde in meinem vergessenen Garten. Und ich glaube nunmal, dass man vom Himmel aus einen besseren Überblick hat über die Geheimnisse des Lebens.

Ohne jetzt rechthaberisch wirken zu wollen, die überhöhte Sonnendosis, vor der ich meinen Freund und meine Gefähr-tin gewarnt hatte, zeigte abends Wirkung bei ihnen.

Wobei heute, im Rückblick, für mich nicht mehr ganz klar ist, wieviel der kleine Sturz meiner Gefährtin von der Schaukel maßgeblichen Anteil an dem kommenden nächtlichen Desaster hatte. Aber der Reihe nach.

Wir speisten nach dem Sonnenuntergang ausgiebig, wie es sich für ein Schlemmertrio gehört und alles war in bester satter Ordnung. Meine Gefährtin wollte danach in der lauen, sternenüberzogenen Nacht noch schaukeln, das Seil riß, sie landete ziemlich unsanft auf der Erde und das war schon weniger in Ordnung. Seit dem Sonnenbaden hatten die beiden nämlich kräftig Wein und Bier genuckelt, beim Abend-Menü weiter gebechert und plötzlich, nach ihrem Sturz und dem Lachen meines Freundes darüber, war gar nichts mehr in Ordnung.
Mein Freund und meine Gefährtin gingen sofort und viel wortkarger als sonst in das Kojenzimmer. Ich folgte ihnen heimlich auf meinen weich-gepolsterten Stammplatz im Haus.

Erst dachte ich auf meinem Couch-Logenplatz , sie würden sich in dem für mich nur in Ausnahmefällen zugänglichen Zimmer etwas lauter unterhalten. Nichts ungewöhnliches, wenn Fütterer zuviel genuckelt haben.
Aber plötzlich ging die Tür auf, mein Freund kam heraus und polternd fluchend schleppte er seine Kojendecke von dem gemeinsamen nächtlichen Zimmer in das gegenüberliegende, wo nur eine etwas kleine unbequeme Koje steht. Vor dem Fenster dieses Zimmers befindet sich der Kraken-Kaktus. Uff und wuff. Das sah wirklich nicht nach nächtlicher Harmonie aus. Eher nach dem Gegenteil.

Die Tür des Kaktus-Zimmers knallte zu und ich machte mich ganz klein auf meiner Couch. Es war eine knifflige Situation, auch für mich. Einerseits wusste ich, dass mir keine Wahl blieb, als jetzt bei dieser Krisen-Gelegenheit herauszubekommen, ob die beiden unverbesserliche Nuckler waren, die ihren Frust womöglich schon heute nacht oder morgen gegen mich richteten.
Die Terrassentür stand allerdings weit genug offen, um jederzeit entkommen zu können. Andererseits ähnelte die gereizte Stimmung der beiden sehr der Gemütslage von Neuankömmlingen, wenn sie aus ihren Autos stiegen und diese miese Ankunftslaune verflog ja auch sehr schnell.

Ist Ihnen schon einmal aufgefallen, wie zäh die Zeit dahin schleicht, wenn dicke Luft herrscht? Bleiern, sage ich Ihnen, schwerfällig wie eine halblebige Maus, die vor der Tatze eines Katzenbastards noch torkelnd wegtapst, aber nur ganz langsam, weil sie weiß, dass sie eigentlich schon tot ist. Die nächsten Stunden torkelten dahin, als wären die Zeiger Mäuse und das Zifferblatt ein Katzenbastard, von dem sie eingeholt werden.

Diese Nacht tat ich kein Auge zu, oder höchstens eins, um mit dem anderen zu beobachten, was meinem Freund und seiner Gefährtin alles einfiel, um sich um den Verstand und um den Schlaf zu bringen.

Immer wieder brüllten sie sich tierische Kose-Namen und Schlimmeres durch die geschlossenen Türen zu, weinten, tranken und fluchten auf sich, auf die Welt und auf den ausgegangenen Wein.

Rückblickend glaube ich, dass die beiden in eine Art Zeitloch gefallen sind, doch, das nennt man so. Sie befanden sich in einer inneren Wirklichkeit, die irgendwann einmal ihr Leben bestimmt hatte und deren Spuren, Wunden und Narben unauslöschlich in ihre Erinnerungen eingemeißelt waren. Sie müssen sich das so vorstellen: die Seele ist zwar unsichtbar, hat aber Ähnlichkeit mit der Haut oder dem Fell von Lebewesen. Wird sie verletzt, bleibt eine Art ewige Schwachstelle zurück. Und wird diese Schwachstelle berührt, durch ein falsches Wort, eine ungeschickte Berührung, bricht der Schmerz wieder auf. Denn die Seele vergibt alles, aber vergißt nichts.
Meine beispielsweise erinnert sich mit Schrecken daran, wie mit mir, kurz bevor ich gezwungen war, mein Zuhause aufzugeben, Hundewerfen gespielt wurde. An den Vorderpfoten gepackt, schleuderte man mich durch die Gegend, bis ich halb besinnungslos dalag und hilflos zappelte. Noch heute explodiert meine Angst von damals, wenn mich irgendjemand an den Vorderpfoten berührt, egal wie lieb oder zärtlich es gemeint ist.

Mein neuer Freund und seine Gefährtin müssen in dieser Nacht, die sich, um das gleich vorweg zu nehmen, in dieser Art nie mehr wiederholt hat, durch zuviel Sonne und die Nuckelei abgestürzt sein in ihre Vergangenheiten.

Ich habe nicht alles verstanden, was die beiden sich durch die Türen an die Köpfe warfen. Aber soviel wurde mir klar: Menschen können nicht -oder nur sehr schwer- akzeptieren, dass dieses Leben, in das sie geboren wurden, ganz allein ihre Angelegenheit ist. Sie verzweifeln an der Illusion, dass es einen Partner gibt, der sie besser versteht, als sie sich selbst. Und die meisten Menschen können nicht unterscheiden zwischen allein sein und einsam sein.

Mein Zwillingsgefährte hat mir, in den Zeiten, als wir noch gemeinsam dasselbe Leben miteinander hatten, den Unterschied so erklärt: allein sein heißt, niemanden zu haben, mit dem man die Freude teilen kann, einsam sein heißt, niemanden zu kennen, mit dem man den Schmerz teilen kann.

Was er mir damit sagen wollte, vielleicht schon sein Schicksal ahnend, war, dass ich auch ohne ihn schauen musste, wo auf mich Freude statt Schmerz wartete.

*

Mit einem mulmigen Gefühl wachte ich auf aus einem Schlaf, der keiner war und fühlte mich schwer, ganz so, als hätte ich Kieselsteine gegessen und nicht verdaut. Wie würde es mit uns Drei und unserer Freundschaft weitergehen nach dieser Nacht, die nicht hatte enden wollen?

Durch die Terrassentür konnte ich den Morgen sehen, der an diesem Tag etwas Tröstendes hatte. Er kam pünktlich wie immer und hielt sich an das Versprechen der Natur, dass jedem Dunkel das Licht folgt. Hoffentlich galt dieses Versprechen auch für meinen neuen Freund und meine neue Gefährtin.

Von meiner Couch aus beobachtete ich, wie sich die Sonnenstrahlen durch das Blätter-Puzzle der Bäume ihre ersten Schlupflöcher suchten und mit jedem Atemzug von mir höher stiegen, kräftiger und heller wurden. Ich liebe Sonnenaufgänge, ich genieße diese strahlende Geburt eines neuen Tages bis heute.
Und wenn die Federflieger ihre perlenden Morgen-Arien anstimmen, dann wünsche ich mir, dass die Frankenländlerin mit dem Piano einmal, nur ein einziges Mal zuhören würde, damit sie weiß, was Musik sein kann.

Im Haus war es ruhig, zu ruhig für diese Zeit. Ich spürte, dass mein neuer Freund bereits aufgewacht war. Wahrscheinlich überlegte er jetzt, was ihn in dieses kleine Kojenzimmer, in dem er lag, hineingeführt hatte. Keine Frage, es war seine eigene Dummheit, seine Rechthaberei und diese seltsame Manie der Menschen, sich selbst und anderen weh zu tun. Doch das würde er sich natürlich nicht eingestehen. Menschen geben nämlich nie zu, sich so sehr nach Gefühlen zu sehnen, dass sie bereit sind, den Schmerz, die Schattenseite des Glücks herauf zu beschwören, um überhaupt etwas zu spüren. Kaum zu glauben, aber wahr. Hab` ich oft genug beobachtet, damals, als mir noch ein Platz vor der Flimmerkiste reserviert war. In den Filmen verletzen sich Menschen ständig und müssen durch viele Schmerzen durch, damit sie spüren, wer sie sind, oder auch nicht sind.

Wir Hunde kennen und können das nicht. Wozu auch? Es gibt so viel, über das wir uns freuen können, dass es Zeitverschwendung wäre, sich das Hundeleben schwerer zu machen, als es ist.

Ich glaube, dass genau da der Knochen vergraben liegt bei den Menschen: sie können sich über zu wenig freuen. Irgendwie muss ihnen der Instinkt für den Spaß, für die alltäglichen Wunder, für das große Geheimnis allen Lebens im Kleinen verloren gegangen sein. Aber wozu gibt es denn die Welt, wenn nicht dazu, sich über sie zu freuen?

Das wichtigste an dem Frühstück -nach dieser Nacht voller Gewitter in den Herzen der beiden- war, dass wir alle drei zusammen saßen, aßen und artig waren. Wie oft habe ich erlebt, dass sich Fütterer an einem Morgen nach einer verpatzten Kojen-Nacht so richtig zu fetzen beginnen, wegen Dingen, die weit, weit zurück lagen. Ganz so, als wäre der Streit nur der knallende Korken gewesen, der alles rausschäumen ließ, was schon lange gegärt hat.

Mein Freund und meine Gefährtin waren da anders. Sie verstanden, dass sie Wunden hatten, die nicht sie sich gegenseitig zugefügt hatten.

Aber die Schmerzen fragen nunmal nicht danach, von wem sie kommen. Sie sind da, sie wollen raus, sie müssen raus. Ich kenne das aus eigener leidvoller Erfahrung.

Hat sich bei mir eine tückische Zecke eingenistet, weiß ich nie, wo ich sie mir geholt habe. Aber irgendwann tut es höllisch weh und der Fütterer, der sie mir mit einer Pinzette herausdreht, bekommt mein Gejaule zu hören und zu spüren, als würden seine helfenden Hände mir weh tun. Ungerecht, absolut ungerecht, ich weiß. Doch wenn das Leben gerecht wäre, gäbe es keinen Himmel und keine Sterne und keinen Mond. Denn dann gebe es kein Schicksal und kein großes Geheimnis, sondern nur Gerechtigkeits-Gesetze. Und die haben die Menschen so oft geändert, wie mir mein Zwillingsgefährte in einer Vollmondnacht erzählt hat, dass man darauf pfeifen kann. Oder kacken, wenn man nicht pfeifen kann, wie ich. Also lassen wir es lieber dabei, dass es im Leben ungerecht viele Schmerzen und gleichzeitig ungerecht viel Spaß gibt - wenn man die andere, die lächelnde Seite des Schicksals erhofft, erkennt, erreicht.

Wie ich heute in Laufe des Tages.

Ob Sie es glauben oder nicht, mein neuer Freund und meine neue Gefährtin brachten mich zum ersten Mal in meinem Leben ans Meer. Ehrlich. Gesehen hatte ich es jeden Tag seit meiner Geburt und mich immer danach gesehnt, soweit ich mich zurück erinnern kann. Aber in der unmittelbaren Nähe des Meeres, so dass ich es riechen konnte, war ich noch nie gewesen. Es lag für mich zu weit weg und der Weg dort hinunter war zu gefährlich für einen Hund ohne Heimat.
Doch alles Warten hat einmal ein Ende und heute sollte sich mein Wunsch, das Meer ganz ganz nah, hautnah und fellnah zu erleben, erfüllen.

Und das kam so: nach dem späten Frühstück und dieser vermaledeiten Nacht war den Beiden dringend danach, sich den Kopf vom Wind durchpusten zu lassen, wie sie sagten. Wir gingen also los - auf einen Spaziergang, hinauf zu meinem Aussichtsrondell, wie ich dachte. Aber Denken ist so eine Sache. Denn, an der Ecke der Straße ohne Ausgang, gingen wir nicht nach oben, sondern nach unten. In die Richtung, aus der immer die Autos der Fütterer mit der Beute kamen. Eine interessante Richtung. Ich war die Straße in diese Himmelsrichtung immer nur kurz entlang gelaufen; es wurden einfach zuviele Autos, je weiter sich die Betonpiste abwärts schlängelte. Aber mit meinem neuen Freund und meiner Gefährtin wollte ich es wagen.

Wir gingen gemeinsam die Straße, die sich wand wie ein Regenwurm, immer weiter und weiter hinunter. Für mich gab es dabei viel Neues zu entdecken und die beiden gingen langsam genug, damit ich alles beschnuppern konnte. Ich sah viele neue Katzenbastard-Häuser, die ich mir unbedingt merken musste für die langen, langweiligen Winterabende und meine Nase stieß auf ergiebige Wiesenplätze mit meinen Lieblingskräutern.
Es war eine richtig paradiesische Abenteuer-Entdeckungs-Reise.

Je weiter wir liefen, desto unruhiger wurden mein neuer Freund und meine Gefährtin. Kaum hatte ich die Spur eines Artgenossen beschnüffelt und bepiselt, riefen sie mich zu sich heran. Gut, manchmal kam ein Auto, das ich bei all der Aufregung überhört hatte, aber oftmals war weit und breit nichts und niemand zu sehen, der mir hätte schaden können. Glaubten sie etwa, ich würde andere Menschen anfallen, wie eine alte Echse, die so lange in der Sonne gebraten hat, dass sie alles frißt, was sich bewegt?

Wirklich, mir war nicht klar, wovor die beiden Angst hatten, bis ich sah, was sie beunruhigte, zurecht beunruhigte: urplötzlich standen wir vor einer breiten Straße voller rasender Autos! Soviele Autos auf einmal hatte ich in meinem ganzen Hundeleben noch nicht gesehen. Wollten die beiden mit mir über diese Straße? Es sah ganz danach aus. Wie sollten wir zwischen den Autos je lebend hinüber kommen?

Aber es klappte dann doch. In einer etwas größeren Lücke liefen wir alle drei über diese Rennbahn und waren froh, heil auf der anderen Seite angekommen zu sein. Von da aus ging es auf einem kleinen Pfad zwischen zwei Häusern weiter.

Am Ende dieses Pfades breitete sich das Meer vor uns aus. Es lag majestätisch da wie ein blauer, gewellter Spiegel-Teppich mit weißen Federn und einem sandigen Saum; ein schwimmender Wunderteppich, den ein Riese auf seiner Reise durch die Zeit vergessen hat.
Unglaublich groß, unglaublich breit, und so lang, dass das hintere Ende mit dem Auge nicht zu erfassen war und einfach in den Himmel überging.

Den über die ganze Bucht langgezogenen, sandigen Saum
des Meeres-Teppichs nannten mein neuer Freund und seine
Gefährtin den Strand. Bitte, ob Saum oder Strand, ich wollte
mich da nicht streiten.

Auf jeden Fall war der Untergrund weich und hart zugleich.
Ich sank mit meinen Pfoten ein wenig ein, fand dann aber
guten Halt.

Wir waren nicht allein auf diesem Strand. Viele Artgenossen
von mir wurden von ihren Fütterern an der Leine gezogen,
mürrisch knurrend, meckernd bellend. Aber manche meiner
Spezies hatten dieselbe Freiheit wie ich, tollten herum und
schnupperten nach Fährten in dem Sand, wobei mir der ein
oder andere Vierbeiner etwas zu nahe kam. Das konnte ich ja
nun gar nicht leiden; hier war ich, nach all den Jahren endlich - mit meinem neuen Freund und meiner Gefährtin - am
Meer angekommen, da hatte sich kein anderer Hund
zwischen uns zu stellen.

Entsprechend knurrte ich meinen Artgenossen mit drohend
aufgestellten Nackenhaaren meine Meinung, woraufhin sie
uns dann auch in Ruhe ließen.

Ein paar ganz verrückte Hunde sprangen in das blaugrün
glitzernde Wasser des Meeres-Teppichs. Sie hielten sich dort
aber nur kurz -heftig mit den Vorderpfoten in das Wasser
schlagend- auf und hechelten prustend an den Strand
zurück.

Wenn ein Hund dafür gemacht wäre, zu schwimmen, hätte er
keine Pfoten, sondern Flossen, wie mir mein im Himmel
wohnender Zwillingsgefährte in der nächsten Vollmondnacht
erklären sollte. Da war ich beruhigt. Denn die Spritzer dieses
großen Wasserteppichs empfand mein Fell als genauso
störend, wie die dicken Regentropfen, vor denen ich ja auch
immer in Deckung ging.

Ergänzend muss ich sagen, dass der Meeresteppich eindeutig
versalzen war. Als Fisch würde mir schlecht werden. Wirklich, was den Geschmack des Meerteppich-Wassers angeht,
muss dem großen Geheimnis ein kleiner Fehler beim Würzen
passiert sein, denn selbst meine Büchsen Fast-Food-Kost ist
besser abgeschmeckt.

Leider konnte dieses Mißgeschick in der kommenden Vollmondnacht nicht korrigiert oder geklärt werden.
Klar war allerdings, dass wir drei einen ebenso herrlichen
Tag am Strand und am Meer miteinander erlebten, wie die
vorausgegangene Nacht grausig war. Ich sag's ja immer: alles
hat zwei Seiten, besonders das Leben.

Wir kamen, nach leichten Problemen bei der Überquerung
der Rennpiste, auf der kurvigen Straße gut zu unserem Haus
zurück. Aber der Weg hinauf dauerte doppelt so lang, wie
hinunter. Runter geht's eben immer schneller als rauf.
Mir wurde bei diesem Rückmarsch klar, dass ich nicht mehr
die Jüngste war. Leider gab es in den glatt gewaschenen Rin-
nen neben der Straße, die nach einem Gewitter mit frischem
Regenwasser gefüllt sind, nicht einen einzigen angenehmen
Tropfen. Und auf das Brackwasser, das vor den Gittersieben
-aufgehalten von einer matschigen Blätterwulst- hin- und
herdümpelte, hatte ich keinen Appetit. Dann lieber mit
hechelnder Zunge und trockener Kehle nach Hause.

Der Abend wurde von einem feudalen Hasenbraten-Schmaus
gekrönt und ich gönnte mir den Spaß, meinen halb abge-
nagten Hasenkopf unweit der Terrassentür zu verscharren.
Mein listiger -wer Hunde nicht versteht, würde sagen hinter-
listiger- Plan, ging auf. Denn so gemein geschickt und ver-
schlagen vorsichtig Katzenbastarde normalerweise sind, bei
Hasenkopf-Beute werden sie zu kleinen, übermütigen Tigern,
hihi. Und das war meine Chance.

Mein neuer Freund und seine Gefährtin schliefen schon lan-
ge und wie Sie sich vielleicht denken können, gemeinsam, in
ihrem Kojenzimmer und die Nacht war bereits so dunkel wie
ein geschlossenes Auge, als ich das erste herbeigesehnte
Raschel-Geräusch hörte.
Ein Katzenbastard musste sich bis in das Gebüsch vor dem
Maulbeerbaum in der Hauseinfahrt heran gepirscht haben.
Ich blieb regungslos auf meiner Couch liegen und spitzte die
Ohren. Er konnte mich nicht sehen, ich ihn aber hören, das
war mein Vorteil.
Natürlich wussten längst alle Katzenbastarde in meinem
Revier, dass in meinem Lieblingshaus eine Schlemmer-
Periode angebrochen war. Doch außer dem Müll hatten sie
noch nichts ergattert, was sie tierisch eifersüchtig auf mich
machte.

Ich hielt den Atem an, denn jetzt knirschten die Kiesel auf dem Gelände vor der Terrassentür so leise, als husche eine Maus darüber. Das war aber keine Maus, sondern der sich heran schleichende Katzenbastard. Ich ließ ihm noch für zwei drei Schritte die Illusion, dass er sich den Hasenkopf unter die Tatze reißen könnte. Doch dann konnte ich den Atem nicht länger anhalten und schoss wie ein Panther durch die angelehnte Terrassentür auf den Katzenbastard zu. Er schlug einen verzweifelten Haken, legte die Ohren an und zischte, so schnell ihn seine kleinen Beine trugen, ab in das Dickicht meines vergessenen Gartens. Ohne Rücksicht auf dornige Blütenstengel oder gezackte Kakteenblätter. Ich war's zufrieden. Das hatte prima funktioniert. So eine kleine Katzenbastard-Jagd lässt mich immer besonders wohlig schlafen.

Damit Sie kein falsches Bild von mir bekommen: beißen oder verspeisen würde ich einen dieser Plagegeister nie. Es ist nur so, dass sie mich dermaßen oft geärgert und bei Fütterern ausgestochen haben, dass ich mich eben mit meinen bescheidenen Mitteln ab und zu an ihnen räche.

*

Die kommenden Tage waren wie ein wunderschöner Traum. Wir drei wuchsen in unseren Herzen zusammen und ich wollte die beiden so wenig missen, wie sie mich. Es herrschte nicht nur Friede zwischen uns, sondern Freundschaft und Verständnis.

Und denselben Geschmack hatten wir auch. Sowohl beim Essen, als auch beim Genießen der Naturschauspiele.

Sie müssen sich das so vorstellen:
an guten Tagen geht die Sonne auf meinem -sagen wir besser unserem- paradiesischen Stück Erde nicht einfach unter. Nein. Sie verabschiedet sich mit einem Farbenrausch aus goldenem Gelb, flammendem Orange und einem reifen, tomatigen Rot. Ich glaube, es gab keinen Abend, an dem wir nicht zu dem Aussichtsrondell spaziert sind, um diese tägliche Abschiedsvorstellung der Sonne zu erleben.

Manchmal brannte der ganze Himmel, als würden sie dort oben zu einer Grill-Party rüsten und die Wolkenskulpturen wurden zu schwebenden, sanft in den Horizont segelnden Watte-Fackeln.

Vereinzelt beherrschte allerdings auch ein elefantenfarbenes Asphalt-Grau von fetten, wulstigen Regensäcken den Abendhimmel. Dann freuten wir drei uns schon, wenn ganz weit hinten, am Ende der Wirklichkeit, die das Auge messen kann, ein heller Streifen zu entdecken war. Das gab Hoffnung für den nächsten Tag, den kommenden Morgen.

Ich selbst hoffte, egal welches Wetter war, mit jedem Tag mehr, dass diese herzliche Zeit mit den beiden nie zu Ende gehen möge.

Wann war ich zuletzt so glücklich, so angenommen, so verwöhnt, so liebevoll gekrault gewesen? In einem anderen Leben vielleicht, das so weit zurück lag, dass ich mich kaum daran erinnern konnte. Mir war klar, dass mein neuer Freund und seine Gefährtin, wie alle Fütterer vor ihnen, irgendwann an einem Morgen, selbst bei herrlichstem Sonnenschein, mit traurigen Gesichtern aufwachen würden. Und in den Zauber-Kisten wieder alles verschwinden musste, was das Haus bunt und lebendig gemacht hatte. Und zuletzt würden sie selbst verschwinden.

Ich hatte Angst vor diesem Tag. Denn auch bei Fütterern, zu denen ich nur eine sattmachende, aber keine freundschaftliche Beziehung aufgebaut hatte, verkrampfte sich mein Herz und schrumpfte in diesen langen Stunden des Abschieds zusammen wie eine Blüte, die sich schließt, um in der kommenden Kälte die Erinnerung an die Sonne zu bewahren.

Es schien mein Schicksal zu sein, immer wieder verlassen zu werden und allein zurück bleiben zu müssen.

Ehrlicherweise muss ich zugeben, dass vor diesen beiden noch nie jemand in mein Lieblingshaus gezogen ist, bei dem ich mir hätte vorstellen können, mit ihm wegzugehen, um woanders gemeinsam zu leben. Und so ganz sicher, dass ich es bei meinem neuen Freund und seiner Gefährtin wirklich riskiert hätte, von meinem geliebten vergessenen Garten und meinem Revier Abschied zu nehmen, war ich mir auch nicht. Noch nicht. Nicht ganz. Nicht wirklich.

Überhaupt, die beste Lösung für mich, meinen neuen Freund und seine Gefährtin wäre eh' die gewesen, dass sie einfach hier geblieben wären. Ja. Ganz einfach und doch gänzlich unmöglich.

Aus ihren Gesprächen in den lauen Herbstnächten auf der Terrasse, wenn wir zusammen abwechselnd auf das friedlich schläfrig daliegende Meer und den stolzen, mit Sternen geschmückten Himmel blickten, wusste ich, dass es ihnen auch am liebsten gewesen wäre, von diesem paradiesischen Platz nie mehr weg zu fahren, sondern bei mir zu bleiben. Den Grund, weshalb das nicht möglich sein sollte, habe ich allerdings nicht verstanden.

Es musste an dem liegen, was sie Geld nannten, denn das Wort fiel oft. Mir war in all den Jahren, seitdem ich Menschen und Fütterer beobachte und belausche, schon aufgefallen, dass dieses Geld eine Art heiliger Gral ist, der Frieden und Glück verspricht, aber meiner Erfahrung nach vor allem für viel Streit und Traurigkeit sorgt.
Aber wirklich interessiert hatte ich mich für dieses Problem nicht, warum auch. Wir Hunde sind ohne Geld glücklich oder traurig, je nachdem, auf welcher Seite des Schicksals wir uns gerade befinden. Und wir streiten uns nur um Dinge, die wirklich wichtig sind und wenn es nicht mehr anders geht.

Mir kam eine Idee. Wenn es nur das Geld war, das verhinderte, dass die beiden hier bei mir bleiben konnten, musste ich einfach meinen Zwillingsgefährten beim nächsten Vollmond um Rat fragen. Es gab im Himmel bestimmt eine Seele, die sich mit Geld auskannte und eine Lösung wusste.

Die Vollmondnacht kam und ich war richtig aufgeregt. So ähnlich, wie vor meinem ersten Schnäuzler. Mein neuer Freund und meine Gefährtin konnten natürlich nicht ahnen, dass es um unsere Zukunft ging, als ich mich nach dem Abendessen rasch verkrümelte. Denn mit meinem Zwillingsgefährten konnte ich nur gedankeln, wenn mich niemand störte, beobachtete oder gar belauschte.

Also verschwand ich in meinem vergessenen Garten und wartete darauf, dass das Mondlicht den überwachsenen Hügel, die letzte Erdenstätte meines Zwillingsgefährten, in sein Annemonen-weißes Licht hüllte.

Ich machte es mir auf dem Hügel bequem, schloss die Augen und meine Gedanken und Gefühle gingen auf die Reise zurück in die Zeit, als mein Zwillings-Gefährte und ich noch dieselbe Wirklichkeit hatten. Und als wäre es der Gesang eines unsichtbaren Federfliegers, konnte ich seine Stimme in mir hören.

Voller glücklicher Erinnerung erzählte ich ihm zuerst von meinem Ausflug ans Meer und in den Bildern meiner Erinnerung sah ich ihn plötzlich neben und mit mir über den sandigen Meeres-Saum jagen, als wenn er tatsächlich dabei gewesen wäre. Er lächelte über mein Erstaunen, sagte aber nichts dazu.

Da wirkliche Freunde, die wir beide immer noch waren, keine Umwege brauchen, fragte ich ihn schließlich gerade heraus, was man im Himmel über den Gral, der Geld genannt wird, weiß. Er lachte und wollte wissen, weshalb ich mich als Hund darum kümmere? Geld hätten die Menschen erfunden, um mit anderen und mit sich selbst nicht mehr ehrlich, sondern bequem umgehen zu können.

Ich verstand kein Wort.

Mein Zwillings-Gefährte bat mich, ihm geduldig zuzuhören und nicht dazwischen zu bellen. Ich nickte innerlich. Leider war ich von seiner folgenden Geschichte so gebannt, dass ich vergaß, sie mir mit allen Einzelheiten zu merken.

Aber das Filetstück seiner Ausführungen ist in meiner Erinnerung hängen geblieben: einst hatten die Menschen die Fähigkeit, die Seele allen Lebens, auch ihres eigenen, zu spüren. Und darauf zu vertrauen, dass nichts, was sie taten, dachten oder sagten, falsch war, solange sie sich selbst dafür nicht verachteten.

Das war die Zeit, als die Menschen mit-, und von der Natur lebten.

Aber irgendwann ging ihnen der Glaube an sich selbst, ihre Gedanken, ihre Taten und ihre Worte verloren. Sie wussten und sie fühlten nicht mehr, was richtig und was nicht richtig war. Und so erfanden sie das Geld. Sie beschlossen, das, was sie taten, dachten, sagten und fühlten, in Geld zu wiegen und einigten sich darauf, mit wieviel Geld-Gewicht eine Tat, ein Gedanke und ein Gefühl zu bemessen war. Und so wurde das Geld zum Maßstab für richtig oder falsch. Alles, wofür es Geld gab war richtig, je mehr Geld es für etwas gab, desto richtiger war es und wofür es kein Geld gab, war falsch - ganz einfach.

Nicht bedacht hatten die Menschen, dass damit die Träume, die Sprache ihrer Seelen, die sich ja nicht in Geld wiegen ließen, keinen Wert mehr hatten und langsam in Vergessenheit gerieten. Und so glauben die Menschen bis heute, dass das Geld, und nicht der Glaube an die Träume, ihr Leben wertvoll macht.

Ein Glück, dass ich ein Hund und kein Mensch war. Leider wussten sie im Himmel auch nicht, wie das mit dem Geld und den Träumen wieder auf die Reihe zu kriegen war. Mitbekommen hatten sie da oben schon, dass es den Menschen wichtiger war, Geld statt Träume zu haben. Aber des Menschen Wille...
Doch nur, wer mit und durch seinen Traum zu dem Gral des Geldes kommt, wird glücklich. Wer seine Träume auf dem Weg dorthin vergißt oder gar verrät, wird immer versuchen, dem Glück mit Geld nachzuhecheln. Er wird es aber nie erreichen.

So sah es jedenfalls mein Zwillingsgefährte, als wir uns bis zum nächsten Vollmond voneinander verabschiedeten.

Ganz ehrlich gesagt, habe ich bis heute nicht genau begriffen, was mein Zwillingsgefährte mir über das Geld, den Gral und das Glück sagen wollte. Aber vielleicht haben Sie's ja verstanden. Ich hatte bald ganz andere Sorgen.

Der Tag der Trennung von meinem neuen Freund und seiner Gefährtin rückte näher und näher, wie eine Regenwolkenwand, die durch keinen Berg mehr aufzuhalten war. Ich spürte dies, da in den Augen meines Freundes der kleine Schatten einer versteckten Traurigkeit zu erkennen war. Auch wenn er lächelte. Und er lächelte oft, still, leise, manchmal auch ein wenig verloren.
In diesen Augenblicken hätte ich alle Knochen dieser Welt darum gegeben, seine Geschichte zu erfahren, um ihn noch besser kennenlernen zu können. Es war verblüffend: er verstand meine Heimatlosigkeit, er gab mir -wie meine Gefährtin auch- das Gefühl, geliebt zu werden, zurück. Vielleicht, weil er und sie selbst ganz genau wussten, was es heißt, nicht geliebt zu werden, sondern ausgestoßen, heimatlos und ohne jede Hilfe auf sich selbst gestellt zu sein.
Hatten er und sie, wie ich, womöglich auch einen besten Freund verloren, zu früh, viel zu früh?

Kannten sie den Schmerz, wenn ein Herz verschwindet, wie eine Brücke, die vom Schicksals-Sturm mitgerissen wird, bevor zwei Leben sich für immer miteinander verbinden können?
Hatten mein Freund und seine Gefährtin auch schon einmal ihr Zuhause verloren? Und trieben ganz allein und einsam durch die Zeit, bis sie sich fanden, so wie sie mich gefunden haben? Oder ich sie.

Die Antwort kennt nur der Wind und der behält die Wahrheiten lieber für sich. Aber die verschwiegenen Wahrheiten lassen einen manchmal frösteln. Wie ein Traum, aus dem man erwacht und nichts mehr davon weiß, außer, dass er voller Angst war.

Wussten Sie, dass wir Hunde träumen können? Es ist so, wirklich. Und wie die Menschen auch, wissen wir nach dem Aufwachen manchmal noch alles ganz genau, meist haben wir nur eine verworrene Erinnerung daran, und teilweise ist der Traum mit dem Aufwachen vergessen.

Ich erzähle Ihnen das deshalb, weil ich in der Nacht vor dem Morgen, an dem die beiden mich verließen, einen ganz verrückten Traum hatte: wir drei saßen um ein Feuer, ich weiß nicht wann, ich weiß nicht wo, ich weiß nicht wie lange. Es war Nacht ringsherum. Die Flammen formten aus den Holzscheiten seltsame Wesen, die ich nicht kannte. Sie hatten Augen und eine Art Gesicht, waren Mensch und Tier zugleich. Je weiter das Feuer abbrannte, desto lebendiger wurden die Gestalten in den glimmenden Glutresten. An manchen Stellen der glühenden Fabelwesen pulsierte es innerlich, als hätten sie in einer versteckten Astloch-Höhle ein Herz, das im Takt eines Schmetterlings schlägt, der den Staub aus seinen Flügeln schüttelt. Später, als die Flammen schon nicht mehr züngelten, und nur noch eine schwache Glut aus tiefrot leuchtenden Holzbruchstücken den aschigen Boden bedeckte, geschah etwas Wundersames: aus der Asche wuchsen rot glühende Lianen, begannen sich wie leuchtende Schlangen hin- und her zu wiegen und formten sich schließlich zu einem sonnenrot glühenden Kleeblatt aus drei aneinander gelehnten Herzen. Das herzförmige Kleeblatt erhob sich über die Feuerstelle und auf unsichtbaren Flügeln verschwand es in der Nacht.

Beim Aufwachen wusste ich erst nicht, ob ich mich über diesen Traum freuen oder ängstigen sollte. Doch dann wuchs eine innere Wärme in mir und ich wusste, was der Traum mir sagen wollte: wir drei hatten unsere Herzen miteinander verbunden und egal wie weit wir auseinander sein sollten, der unsterbliche Teil von uns war vereint und flog durch die Ewigkeit als ein winzig kleiner, kleeblattförmiger Stern. Um es gleich vorweg zu nehmen: ich habe diesen Stern nie im Nachthimmel gesehen, aber ich weiß, dass er da ist.

Der Traum war für mich ein kleiner Trost in der Traurigkeit, die sich wie unsichtbarer Nebel zwischen uns drei schob, an diesem Tag der Trennung. Mein Freund und meine Gefährtin gestanden mir, mit Tränen in den Augen, dass sie mich gerne mitnehmen wollten, es aber nicht könnten. Das Revier, wo sie lebten, sei zu gefährlich für Hunde und würde mich krank machen.

Ich verstand kein Wort, was wohl vor allem daran lag, dass ich nie etwas verstehe, wenn ich weinen muss. Es war eine so schöne Zeit mit ihnen gewesen, voller Licht, voller Liebe, voller Lachen. Und mit vielen vollen Näpfen, sicher, aber Fütterer hatte ich schon oft gehabt, solche Freunde wie die beiden jedoch noch nie.

Ich konnte es nicht glauben, als das kleine blaue vollbepackte Auto an dem Maulbeerbaum vorbei die Auffahrt hinauf kletterte, die beiden mir ein letztes Mal zuwinkten und wegfuhren.

Ohne mich.

Das konnte nicht wahr sein. Ich begann zu rennen. In meinem Kopf hämmerten immer wieder dieselben Worte: nehmt mich mit, bitte. Nehmt mich mit. Lasst mich nicht zurück.

Ich rannte, bis meine Pfoten brannten und mein Herz so weh tat, als hätte es die Enttäuschung wie ein Messer durchbohrt. Halb ohnmächtig vor Schmerz blieb ich stehen und musste schluchzen und fiepen, wie ein junger Welpe, der vergeblich nach seiner Mutter sucht. Mir wurde schwarz vor Augen, ich wurde schwer wie ein Stein, ich wusste nicht, wo ich war, und es war mir egal.

Wenn damals ein Auto herangerollt wäre, ich hätte freiwillig denselben Abschied von dieser Wirklichkeit genommen, wie mein Zwillingsgefährte. Heute bin ich froh, dass ich die Sterne, die in diesem Moment mein Schicksal gütig und nicht endgültig entschieden, immer noch sehen kann.

*

Ich war allein, nein, ich war einsam, jedenfalls eine furchtbar lange Zeit. Mich interessierte überhaupt nichts mehr - kein Napf, kein Katzenbastard, keine Sonne. Von mir aus hätte es auch den ganzen Tag über Nacht sein können.

Wieviel Traurigkeit hält ein Herz aus, das nichts mehr zum Atmen hat, außer ein Versprechen? Ein Versprechen, ja, das war alles, was mir von den beiden geblieben war. Sie hatten versprochen an Weihnachten wiederzukommen, nur wusste ich nicht recht, was und vor allem wann Weihnachten ist. Und wie oft hatte ich die Worte -wir kommen wieder- gehört. Zu oft, um sicher daran glauben zu können. Nur selten wurde aus diesen Worten Wirklichkeit.

In tröstenden Versprechen ist einfach zu viel Lüge, weil die Lüge zu oft ein tröstendes Versprechen ist, hatte mir mein Zwillingsgefährte in einer Vollmondnacht einmal gesagt.

Mein Appetit war tot, nur mein Hunger hielt mich am Leben. Mir genügten die versulzten Reste in den Katzennäpfen und die winzigen milden Gaben der Sonnenschein-Pianistin. An ihrer Einfahrt kam ich oft vorbei, denn irgend etwas in mir zog mich immer wieder hoch zu dem Aussichtsrondell. Der Blick von dort oben, den wir drei so oft miteinander ge- teilt hatten, besänftigte meinen Schmerz. Nichts hatte sich hier geändert, seit die beiden weg waren. Gut, einige Bäume färbten ihre Blätter in den Farben des Sonnenuntergangs und die Gräser beschränkten sich darauf, einfach da zu sein, ohne bunt leuchtende Knospen und Blüten zu haben. Aber die gewellten Federn des Meeresteppichs, die sanften Berghügel mit ihren putzigen Zwergenhäusern und die -für immer und ewig- von hier nach da ziehenden Wolken am Himmel gaben mir das Gefühl, dass die Begegnung mit den Beiden ein von mir gegangener Traum war, aus dem ich traurig erwacht bin.

Konnte es ein schöneres Revier als dieses hier geben, um einen Flug auf den Schwingen der wunderbarsten Gefühle zu beenden und trotzdem noch glücklich zu sein? Nein.

Eine einzige Frage, keine bohrende, sondern eine ganz sanfte, kam mir beim Blick von meinem Rondell immer wieder in den Sinn: Kehren Träume und Gefühle zurück, wenn man es sich wünscht und daran glaubt?

Mein Zwillingsgefährte war sich immer sicher gewesen, dass es eine Verbindung zwischen den Träumen, den Gefühlen und dem Frühling gibt. Und da der Frühling stets zurück kehrt, war die Möglichkeit, die beiden wieder zu sehen, doch sehr groß. Der Vergleich mit dem Frühling gefiel mir sehr, denn ohne meinen neuen Freund und seine Gefährtin war in meinem Herz tiefster Winter.

In anderen Revieren als dem meinen, fällt im Winter weißer, dicker Regen. Das hatte ich als junger Hund in der Flimmer- kiste gesehen. Die kleinen Lärmer rutschten mit Bretter- kisten darauf herum und hatten viel Spaß. Ich erinnerte mich auch daran, dass dieses Fest, das Weihnachten ge- nannt wird, irgendwie mit dem weißen Regen zu tun hat. Und bald danach der Frühling kommt. Genaueres wusste ich leider nicht und bis zur nächsten Vollmondnacht, in der ich meinen Zwillingsgefährten danach fragen konnte, dauerte es noch eine Weile.

Das vereinfachte das Warten und Hoffen auf die beiden nun wirklich nicht. Denn weißer Regen war in meinem Revier noch nie gefallen, soweit ich mich erinnern konnte. Wie sollte ich also ahnen, wann sie zurück kommen wollten?
Gut, spätestens im Frühling würde ich wissen, ob sie ihr Versprechen gehalten oder gebrochen hatten. Das war aber noch ein paar Vollmondnächte hin und solange wollte ich nicht rätseln.

Irgendetwas musste ich doch tun können, um diese Unge- wißheit in Zuversicht zu verwandeln.

Vielleicht lag es daran, dass ich gerade auf einer meiner Lieblings-Wiesen an einem besonders großen saftigen Gras- halm nagte, als mir der rettende Gedanke, besser gesagt, eine rettende Erinnerung in den Sinn kam:

in einem dieser Sommer, die so heiß waren, dass Schatten Glück bedeutete, machten sich mein Zwillingsgefährte und ich gegen Abend auf, um frische, kühle Halme zu finden und abzukauen. Das tat gut in der Hitze. Zurück zu dem, was ich ihnen sagen wollte: Mein Zwillingsgefährte war sich damals ganz sicher, trotz der sengenden Sonnenglut ein knackiges Büschel Gräser zu finden. Eigentlich unmöglich. Wir trabten los und suchten und suchten. Nichts. Nur welke, saftlose, pissgelbe Halme.

Ich war mir damals nicht sicher, ob wir diese sinnlose Suche fortsetzten sollten, doch mein Zwillingsgefährte behauptete voller Zuversicht, wir müssten nur daran glauben, dann fänden sich die feuchtfrischen Halme von ganz allein.

Also schlichen wir weiter und schnüffelten uns durch unbekanntes Gebiet. Nichts. Nicht ein brauchbarer saftiger Halm. Wir gaben auf, hatten uns aber derart verlaufen, dass uns völlig unklar war, wie wir in unser Revier zurück kommen sollten.

Also orientierten wir uns an den Häusern und den davor stehenden Katzennäpfen. Und, ich schwöre es Ihnen, auf dem Küchenfenster-Sims eines Hauses glänzten frisch gewaschene Halme, als würden sie auf uns warten. Herrlich. Ein Kinderspiel, sie mit der Vorderpfote herunter zu fischen und auf der Stelle abzunagen. Bestes Öko-Fastfood, wenn Sie so wollen. Mein Zwillingsgefährte war sich sicher, dass nicht unsere Schnüffel-Schnauzen, sondern unser Glaube das kleine Wunder möglich gemacht hatte.

Folglich musste ich jetzt einfach daran glauben, dass mein neuer Freund und meine Gefährtin ihr Versprechen halten würden und Weihnachten würde mit ihnen kommen, wie die Halme vor Jahren zu uns gekommen waren.

*

Es war eine Qual. Ohne die beiden schlichen die Tage und Nächte zäh dahin wie ein Rinnsal, das mehr Schlamm als Wasser mit sich schleppt. Auf jemanden zu warten ist mindestens so schwer, wie an etwas zu glauben, ja wirklich. Die seltsamsten Gedanken schleichen einem dabei ins Gemüt. Heute lächele ich darüber, aber damals habe ich mich ernsthaft gefragt, was wohl passieren würde, wenn dieses Weihnachten einfach ausfällt? Weil was weiß ich was dazwischen kommt und glauben Sie mir, Menschen kommt dauernd etwas dazwischen.

So viel, dass sie schon gar nicht mehr wissen, was wirklich wichtig ist, weil sie es schlichtweg vergessen.

Jetzt glauben Sie sicher gleich, ich übertreibe, aber ich schwöre Ihnen beim Vollmond, dass ich aus meinem verwilderten Garten heraus beobachtet habe, wie ein kleiner Lärmer vergessen wurde. Einfach vergessen, zack. Gut, er war der kleinste von drei krakeelenden Krächzern und mir konnte es eigentlich egal sein. Denn diese Fütterer hatten die letzten Wochen genug damit zu tun gehabt, die Dosen für sich selbst aufzumachen.
Da war für mich nicht einmal ein Blick übrig geblieben, geschweige denn ein Biß. Von den herunter gefallenen Resten hatte ich mich ernährt.
Zurück zum Schicksal ihres Benjamins: Als sie sich zur Abfahrt rüsteten und beim Packen waren, hatten sie den Kleinsten der Kleinen etwas abseits in den schattigen Winkel vor dem Kojenzimmer gestellt, während sie ihre Zauberkisten in das Auto verstauten; besser gesagt: fluchend hineinstopften. Die Kisten mussten seit ihrer Ankunft gewachsen sein oder sie hatten sich vermehrt.
Auf jeden Fall war das Auto so voll gepfropft, dass der Benjamin in seiner Tragekiste eh' nicht mehr hineingepaßt hätte. Ich vermutete zunächst, sie wollten ihn auf das Dach schnallen, denn das tun Fütterer manchmal mit Kisten, die partout nicht mehr in den Innenraum passen. Aber nein, sie stiegen ein und fuhren los, ohne den kleinen sanft schlummernden Balg im Schatten vor dem Kojenzimmer.
Was blieb mir übrig, als dem Auto hinterher zu hecheln und zu bellen, als ginge es um mein Leben? Erst in der zweiten Kurve hielt der Wagen an - in der dritten hätte ich ihm einen Reifen durchgebissen, ehrlich. Jetzt endlich bemerkten die abgefahrenen und überforderten Fütterer, dass ihnen beim Packen so viel dazwischen gekommen war, dass sie ihren Benjamin vergessen hatten.
Na da sollte es mich doch wundern, wenn die Sache mit diesem Weihnachten immer klappt, ohne dass etwas dazwischen kommt.

Wie immer, wenn ich zu lange über etwas nachgrübele, kommt am Ende etwas heraus, das mich leicht verwirrt, da mir nicht mehr klar ist, was genau der Anfang meiner Grübelei war.

Dieses Mal wusste ich tatsächlich nicht mehr, ob ich jetzt auf Weihnachten wartete und daran glaubte, dass mein neuer Freund und meine neue Gefährtin kommen würden oder umgekehrt. Wenn man aber nicht einmal mehr weiß, worauf man wartet und woran man glaubt, braucht es jemanden, der die Sache klärt.

Ich hatte Glück, der Vollmond war nicht mehr weit. Mein Zwillingsgefährte hatte vom Himmel aus einen solchen Überblick, dass er dieses Weihnachten bestimmt auf der Reise hierher beobachten-, und mir sagen konnte, ob es noch weit weg oder schon sehr nahe war.

Insgeheim hoffte ich natürlich, dass er von da ganz oben auch meinen neuen Freund und meine neue Gefährtin aufspüren konnte. Aber da ich von meinem Rondell aus kaum einen Baum, sondern nur Wald sah, war die Chance, vom Hundehimmel aus einen Menschen in der Menge zu erkennen, sehr gering.

Diese Vollmondnacht war zum Katzenbastard-Melken. Der Mistral wurde kälter, zur unsichtbar eisig beißenden Wand und der Regen immer dichter und härter. Er prasselte in mein Fell wie der Wasserstrahl des Gartenschlauchs, mit dem ich vor vielen Jahren immer traktiert wurde, wenn die kleinen Lärmer meines ehemaligen Zuhauses glaubten, ich müsste gewaschen werden. Dem Gartenschlauch bin ich nach kurzer Zeit immer entkommen, gegen den Regen und seine Tropfen, die wuchtig waren wie kleine Steine, hatte ich auch heute keine wirkliche Chance.

Längst waren selbst die breitesten Blätter und die dichtesten Astnetze in meinem verwilderten Garten getränkt von den nervend kalten Stein-Tropfen. Aber das Schlimmste kam ja erst noch: ich musste raus auf den Hügel, unter den mein Zwillingsgefährte damals gebettet wurde, nachdem seine Erdenzeit plötzlich für immer still stand, weil dieser verdammte Laster...

Heute war wieder so eine Nacht, in der ich -auf die Stunde zwischen Hund und Wolf wartend- darüber nachdachte, was gewesen wäre, wenn....

Wenn wir beide an diesem schicksalhaften Tag den schwarz-
gefleckten Katzenbastard nicht gejagt hätten, dann hätten
wir diese tödliche Straße viel früher überquert und der Laster
wäre vorbei gerollt, ohne dass er uns auch nur gestreift
hätte.
Und wenn wir einfach ein wenig länger geträumt hätten oder
wie an so vielen Sommertagen mit dem goldblau brennenden
Himmel noch vor der Sonne aufgestanden wären, um den
perlig frischen Tau von den Gräsern zu schlecken, dann.....
Aber nein, es sollte wohl alles so sein, wie es war. Traurig
aber wahr.

Ich schaute durch den Regen zum tief hängenden Himmel.
Es war soweit, die Stunde zwischen Hund und Wolf war angebrochen. Die Nacht hatte ihren Zenit überschritten, zum
neuen Morgen hin war es jetzt einen Sternschnuppenflug
kürzer als der vergangene Tag zurück lag. Einbildung? Nein.
Es ist dasselbe Meer, wenn Fische spüren, dass die Ebbe in
die Flut übergeht und wir Hunde fühlen eben, ob derselbe
Nachthimmel dunkler oder dämmrig heller wird. So wie manche Menschen bei denselben Worten fühlen, ob sie verlogen
oder wahr sind.

Wie dem auch sei -ich musste raus aus meinem feuchten
Unterschlupf, der eh kaum noch Schutz bot vor der tropfig
prasselnden Flut.
Ich ging hinüber und legte mich auf den Hügel meines
Zwillingsgefährten.
Auf einmal schien es mir, als wäre der Mistral nicht mehr so
kalt und der Regen nicht mehr so hart. Mein Zwillingsgefährte war bei mir, unsere Seelen gingen ein Stück Ewigkeit miteinander, so wie wir einst miteinander die Wege in
unserem Revier gegangen waren.

Unumwunden fragte ich ihn, ob er Weihnachten schon gesehen habe und wieweit es noch von meinem Garten entfernt
sei. Mein Zwillingsgefährte konnte sich ein Lächeln nicht
verkneifen. Weihnachten, ohje, Weihnachten könne man
nicht sehen und es sei von allen Orten auf der Welt stets
gleichweit entfernt, oder gleich nah.
Denn Weihnachten, so erklärte er mir geduldig, hat keine
Gestalt, sondern ist ein Gefühl und bei manchen Menschen
eine Erinnerung und ein Fest zugleich.

Eine Art Geburtstags-Fest. Verständnisvoll wie ein Vater versuchte er mich über dieses Weihnachten aufzuklären: Eine Woche vor der Jahreswende feiern die Menschen die Geburt eines kleinen Lärmers vor Hunderten, ja vor Tausenden von Jahren, weil sie daran glauben, dass er ihnen mit einem Stern vom Himmel geschickt wurde und die weise Sprache der Engel beherrschte.

Und bis heute warten sie auf die Wiedergeburt dieses heiligen kleinen Lärmers, weil sie glauben, dass er das innere Licht bringt, das sie schon lange verloren haben.

Da hatten wir es wieder, das Warten und das Glauben. Es sollte noch dicker kommen. Mein Zwillingsgefährte wusste nämlich, dass dieses Weihnachten als Fest der Liebe und Freude gilt. Und um diesen Fest-Tag gebührend zu feiern, schmückten die Menschen Straßen, Bäume und Häuser mit bunten Sternen und Kugeln und vielen kleinen Lichter-Kerzen. Ich musste ihn unterbrechen und fragen, ob nicht jeder Tag und jede Nacht ein Fest der Liebe und Freude sei. Mir war wirklich nicht klar, weshalb man nur einmal im Jahr...

Weiter kam ich nicht, denn mein Zwillingsgefährte fiel mir in meine Gedanken und bat mich, daran zu denken, dass Menschen immer soviel dazwischen kommt, dass sie das Wichtigste ständig vergessen, auch die Liebe und die Freude. Wie recht er hatte. Und da waren wir wieder beim Knochen des Problems. Könnte es da nicht ganz leicht passieren, dass auch dieses Weihnachten einfach vergessen wird?

Mein Zwillingsgefährte beruhigte mich. Seit hunderten von Jahren wurde Weihnachten nicht vergessen. Ich solle meine Augen mal aufmachen. Es müsse mir doch aufgefallen sein, dass die Straße unten am Meer schon seit Tagen nachts viel heller strahlen würde, als das übrige Jahr. Ich sah hinunter und richtig: ich erkannte bunte, schweifige Sterne, die das Ufer in dunkelrotem und goldgelbem Glanz leuchten ließen.

Wenn mein Zwillingsgefährte, der sich bereits leise bis zum nächsten Vollmond verabschiedete, recht hatte - und mit seinem himmlischen Überblick sollte er sich nicht irren - war Weihnachten also nicht mehr weit weg. Auch wenn ich in den Bäumen auf meinem Hügel noch keine Lichter gesehen hatte. Aber bei dem Regen hätten die eh nicht gebrannt.

Das sagte ich meinem Zwillingsgefährten, den ich nur noch wie ein schwaches Echo hören konnte, auch. Er gab mir, bevor unsere Seelen sich voneinander entfernten, den Rat, ab und zu in die Fenster der bewohnten Häuser auf meinem Hügel zu spicken. Je mehr Fenster mit Sternen geschmückt seien, desto näher wäre Weihnachten. Aber es würde schon noch einige Tage dauern, bis der eigentliche Weihnachtstag gekommen sei.

Der Regen verebbte, der Mistral beruhigte und legte sich. Ich schlich, naß wie ein Fisch, zu meinem Lieblingshaus, das verschlossen und verrammelt dastand und legte mich auf die Steinstufe vor der Terrassentür. Mit einer Decke wäre es angenehmer gewesen und drinnen auf der Couch geradezu komfortabel. Ich musste trotz meiner mißlichen Lage darüber lächeln, dass mir der Gedanke ins Gemüt kam, dass eben doch nicht jeden Tag Weihnachten, das Fest der Liebe und der Freude sein kann. Denn mit Liebe und Freude hatte dieses feuchtkalte Morgengrauen nach der Vollmond-Nacht wirklich nichts gemein.

*

Die nächsten Tage hielt ich in meinem Revier nach Sternen, Kugeln und Lichterkerzen Ausschau, wie ein Katzenbastard nach Mäuselöchern. Aber da kaum ein Haus bewohnt war, konnte es wohl Weihnachten werden wie es wollte, auf meinem Hügel wurde kein Fest der Liebe und der Freude gefeiert. Fast überall waren die Läden zugeklappt, die Häuser verwaist, die Gärten trist-stoppelgrau, die Hecken ausgedünnt und die Palmen gelbbraun verfroren.

Einen einzigen Hoffnungsschimmer gab es: Im Haus der Sonnenschein-Pianistin hingen plötzlich Strohsterne und bunt glänzende Kugeln in den Fenstern. Und sie klimperte, entgegen ihrer Gewohnheit und obwohl der Himmel wolkenverhangen war, ein anderes Lied als zu sonnigen Sommerzeiten. Immer wieder dasselbe, aber immerhin, sollte es ein Lied zur Weihnachtszeit sein, nur zu!

Ich spürte, es würde sich bald entscheiden, ob mein neuer Freund und seine Gefährtin mich mit ihrem Versprechen, an Weihnachten hier zu sein, bei ihrer Abfahrt nur trösten wollten, oder ob sie es herzernst gemeint hatten und ihre Ankunft quasi in der milder gewordenen Luft lag.

Gespannt und erwartungsvoll lauerte ich in meinem verwilderten Garten und beobachtete täglich mein Lieblings-Haus. Und dann geschah das kaum noch Erhoffte, das fast nicht mehr Geglaubte, das trotzdem trotzig Herbeigewartete: die impertinente Hausbesitzerin -Sie erinnern sich- fuhr vor und deponierte einen Schlüsselbund unter die Fußmatte vor der Terrassentür meines Lieblingshauses.

Das war ein Zeichen, wie es wunderbarer nicht sein konnte. Sie würden kommen! Mein Herz tanzte vor Freude und verkrampfte sich gleichzeitig in der bangen Angst vor einer schlimmen Enttäuschung. Der Schlüssel unter der Fußmatte bedeutete ja leider nur, dass irgendjemand kommen würde, aber wer? Die beiden, auf die ich wartete oder die Familie mit den drei kleinen Lärmern, oder die krakeelenden Liraländler? Alles war möglich, wie immer, und nichts war sicher.

Mit jedem Atemzug wuchs meine innere Freude, wie eine Blume, die sich nach einem langen Regen der Sonne entgegenstreckt, denn ganz tief in meiner Seele spürte ich, dass mein Freund und seine Gefährtin kommen würden und niemand anders. Kennen Sie das? Es gibt Augenblicke, in denen man sich an das Kommende erinnert, so, als ob das eigene Leben für einen Moment eine Geschichte ist, die sich einem von selbst erzählt.

Um so schlimmer, ja zum Verzweifeln war, dass ich vergeblich darauf wartete, dass die beiden mit ihrem kleinen blauen Auto endlich auftauchten. An diesem Tag und in dieser Nacht kamen sie nicht. Entweder war auf mein Gefühl soviel Verlaß wie auf einen streunenden Katzenbastard, der jedem um die Beine schleicht, der ihm einen Brocken hinschmeißt und im nächsten Moment auf seine Schuhe pisst, oder das Schicksal hatte sich mal wieder einen seiner üblen Scherze erlaubt. Wahrhaft nicht zum Lachen.

Mit dem ersten Morgenlicht, das um diese Jahreszeit erst spät über den Berg am spitzen Ende der Meeresbucht floß, stand ich auf, so voller Sorge um die beiden, dass ich meinen Hunger vergaß.

Wie eine rallige Katzenbastard-Muschi lief ich die Straße, die zu meinem Revier führt, auf und ab. Immer wieder, als wäre ich blind und suchte einen Ausgang in einem Käfig, der gar nicht existierte.

Aber die Angst um die beiden, die mir ins Gemüt gekrochen war, drückte wie eine Mauer, über die ich nicht springen oder hinaussehen konnte.

Wo blieb das kleine blaue Auto, wo waren mein Freund und meine Gefährtin? Der Weg von ihnen hierher zu mir war weit und lang, sie kreuzten das Revier der Schillinger und der Liraländler, das wusste ich aus ihren vielen weinseligen Erzählungen nach unseren Menüs.

Ich lag dann ja meistens bereits, mich schlafend stellend, auf dieser wunderbar weichen Couch und belauschte jedes Wort, hihi.

Zum Lächeln war mir eigentlich gar nicht, denn ich wusste doch aus leidvoller Erfahrung, was Autos Lebewesen antun können. Was, wenn meinem Freund und meiner Gefährtin etwas zugestoßen war? Ich versuchte mich selbst zu beruhigen, aber es gelang mir nur schlecht. Angst ist wie Hunger: Gedanken können weder die Angst noch den Hunger vertreiben, dazu braucht es Taten.

Immer wieder tauchten die Bilder von dem Unfall meines Zwillings-Gefährten in meinem Kopf auf. Nein, nein, bitte nicht, so etwas durfte meinem Freund und seiner Gefährtin nicht passiert sein. Ich war jetzt lange genug allein gewesen und oft genug einsam wie ein vergessener Knochen im Mistralwind.

Von den Hügeln wehte der weich-, und für diese Jahreszeit mild gewordene Wind den Klang von Glocken in mein Revier und das Meer strahlte glatt und ohne kräuselnde Sorgenfalten wie ein blauer Spiegel. Die Sonnenstrahlen prallten von dem Meeresteppich bis hinauf zu mir. Plötzlich hatte ich das Gefühl, als ob dies ein Zeichen, ein gutes Zeichen war: Glocken und Meer - und sie hatten mich Clochmar, die Meeresglocke genannt!

DAS
WEIHNACHTSWUNDER

Warum weiß ich nicht, aber irgendwie gaben mir jetzt mein Name, der Glockenklang und das ruhige Meer neue Kraft, weiter zu glauben und zu hoffen, dass die beiden ihr Versprechen halten und kommen würden. Heute, denn jetzt musste endlich Weihnachten sein.

Doch der Tag verging und die Sonne verschwand hinter den Hügeln meines Rondells, ohne dass irgend jemand bei dem Haus vorgefahren wäre.

Enttäuscht und erschöpft vom sinnlosen Warten und vergeblichen Bangen zog ich mich in der anbrechenden Dunkelheit in meinen vergessenen Garten zurück. Ich fühlte mich leerer als ein abgeschleckter Napf und so sinnlos und ausgebrannt wie ein knochentrockener See.
Während das weinerliche Geklimper der Sonnenschein-Pianistin meine Ohren quälte, hörte ich zum ersten Mal meine Herzstimme reden. Ich nenne sie einfach mal Herzstimme, weil ich kein anderes Wort dafür kenne und nicht weiß, was da in mir selbst zu mir selbst gesprochen hat; sehr beruhigend, sehr tröstend, sehr zuversichtlich, wie ein inneres Licht in der unendlich traurigen Dunkelheit meines Gemüts.

Später, viel später würde mein Zwillingsgefährte mir in einer Vollmond-Nacht erklären, dass genau dieses Gefühl Weihnachten ist. Aber das wusste ich ja in diesem Moment noch nicht.
Doch ich wusste und spürte und fühlte, dass meinem neuen Freund und meiner neuer Gefährtin nichts passiert war. Ich hätte alle Knochen dieser Welt darauf gesetzt, dass sie ganz gesund und am Leben waren, denn ich sah, als ich meine Augen schloß, das rote Herz-Kleeblatt aus meinem Traum wieder.
Sie erinnern sich, dieses Zeichen über dem Feuer, in dem sich unsere drei Herzen vereint hatten.
Es war nicht zerbrochen und kein Teil fehlte. Klarer wie den Umriß eines Katzenbastards unter einer Straßenlaterne erkannte ich die Bedeutung meines Traumes: solange dieses Kleeblatt vor meinen geschlossenen Augen in meinem Herzen existierte, ungebrochen existierte, waren wir alle drei miteinander verbunden wie die Wolken, die Sterne und der Himmel oder das Meer, der Regen und die Wellen.

Mitten in diese wundersam warmen Gedanken, die in mich
strömten, wie ein sonniger Fluß, hörte ich ein Auto in Richtung meines Lieblingshauses vorfahren. Sein Motor klang
nicht wie der des kleinen blauen Dicken, wie mein neuer
Freund seinen Wagen genannt hatte. Das brummende Geräusch war härter, nagelnder. Klein war das die Einfahrt
herunterschleichende Auto auch, aber nicht blau, sondern
weiß. Besser gesagt: dreckig weiß.

Meine Herzstimme sagte mir: das waren mein Freund und
meine Gefährtin, auf die ich so gewartet und an deren Versprechen ich geglaubt hatte. Gut, es war spät, dunkel, schon
fast Nacht, aber es war immer noch Weihnachten und sie
waren tatsächlich da.
Um sicher zu gehen, dass mich mein Wünschen und Sehnen
nicht in eine abgrundtiefe Trauer stürzt, wartete ich in meinem Garten-Versteck, bis sie die Türen zu meinem Lieblingshaus geöffnet und überall Licht gemacht hatten.

Dann ging ich hinüber. Gerade als die Gefährtin meines
Freundes aus der Terrassentür wieder herauskam, stand ich
vor meinem Lieblingseingang des Hauses.
Als meine Gefährtin mich in der Dunkelheit erkannte, brach
sie in Tränen aus, Freudentränen. Und mein Freund, eben-
falls Tränen in den Augen, meinte: dass ich da sei, wäre das
schönstes Weihnachtsgeschenk für sie beide.
Ich verstand nicht, weshalb ich ein Weihnachtsgeschenk sein
sollte, freute mich aber mit ihnen wie ein kleiner Wolf, der
satt und zufrieden an dem Bauchfell seiner Mutter herumtollt.
Für einen Augenblick blieb für uns alle die Zeit und sogar der
Sternenhimmel stehen. Keiner wollte diesen Moment des
Wiedersehens durch ein Wort oder eine Bewegung stören.
Es war, als staunte selbst das Firmament über die Freundschaft, die uns drei verband.

Ich schloß, um die Tränen heraus zu drücken, meine Augen
und sah, wie sich um unser Kleeblatt-Herz ein Kreis aus tanzenden Sternen schloß. Ob dies das Weihnachtswunder war,
von dem die Fütterer immer redeten? Für mich auf jeden
Fall. Das Wort Weihnachtswunder hatte ich schon oft gehört,
aber nie verstanden und ich hatte immer den Eindruck, dass
auch die Fütterer nicht genau wussten, was ein Weihnachts-
Wunder ist.

Ich aber wusste es jetzt und mein Freund und meine Gefährtin, die wussten es in diesem Augenblick auch. Das sah ich in ihren Blicken.

Mein Magen war allerdings der Meinung, dass er von diesem Weihnachtswunder noch nichts abbekommen hatte und knurrte plötzlich unverschämt laut. Die Gefährtin meines Freundes lachte und die Sterne begannen wieder zu wandern und die Zeit tickte auf's Neue in ihrem lautlosen Takt.
Wir waren zurück in der Wirklichkeit.

Schnell packten mein Freund und meine Gefährtin ihre wundersamen Koffer und Taschen aus und fanden nach langem Suchen endlich mein Futter. Dosenfutter, vielleicht ein bißchen mickrig für ein Weihnachtstwunder-Essen. Aber man darf auch nicht zuviele Wunder an einem Tag erwarten.

Schließlich wusste ich aus Erfahrung, dass die Fütterer am Tag ihrer Ankunft selten gutes Futter dabei haben. Ich vermute, dass sie ihre Autos nicht zu schwer bepacken wollen, um nicht noch später anzukommen. Die richtig gute Beute holen sie immer erst am nächsten Tag.

Nach dem bescheidenen Essen war es plötzlich so, als wenn die beiden nie weg gewesen wären. Zu Dritt standen wir auf der Kiesel-Terrasse und sahen abwechselnd zu den Sternen hinauf und zum Meer hinunter. Die ganzen vergangenen Wochen hatten die Sterne nicht so schön geleuchtet und das Meeresrauschen nicht so beruhigend geklungen, wie an diesem Abend.

*

Den nächsten Sonnenaufgang erlebte ich wieder von meinem so lange vermissten Platz auf der Couch. Ich streckte mich genüßlich aus und genoß die Wärme und Weichheit der Couch, ebenso wie das wunderschöne Himmelsfarben-Schauspiel des anbrechenden Tages.
Während ich halb wachend, halb schlafend durch die Terrassentür sah, kam auch schon mein Freund aus dem Kojen-Zimmer, wünschte mir einen guten Morgen -den ich ganz sicher hatte- und ging aus dem Haus, um den angebrochenen Tag zu genießen.

Die Sonne gab sich wirklich alle Mühe, meinen Freund zu begrüßen. Ich glaube, sogar sie freute sich, dass die Beiden wieder hier waren. Ehrlich, so schön wie an diesem Morgen war die Sonne schon wochenlang nicht mehr aus dem Meer gestiegen.

Ich verließ meinen Logenplatz auf der Couch, um zusammen mit meinem Freund der Sonne für ihr Schauspiel zu danken. Allerdings nur kurz, denn ich fand es immer noch recht frisch draußen. Aber was konnte man am frühen Morgen schon von der Winter-Weihnachts-Sonne erwarten, schließlich war sie gerade erst aufgestanden und konnte noch nicht ganz fit sein, um richtig zu wärmen. Außerdem konnte ich die Sonne auch sehr gut von der Couch aus sehen. Ich zog mich also zurück auf mein warmes Plätzchen und kurze Zeit später kam auch mein Freund, leicht fröstelnd aber lächelnd, wieder ins angenehm wohlig warme Haus zurück.

Es dauerte eine geraume Weile, dann fuhr mein Freund endlich los, um Weihnachts-Beute zu holen. Ich blieb noch ein wenig auf meiner Couch liegen, ehe ich mich um die Gefährtin meines Freundes kümmerte. Ich hatte sie heute Morgen bisher weder gesehen noch gehört und es war langsam Zeit, dass sie wach wurde. Einer musste doch den Tisch vorbereiten, damit wir rasch frühstücken konnten, wenn mein Freund mit der Beute zurück kam.

Ich ging also ins Kojen-Zimmer und weckte sie. Sie freute sich mich zu sehen und stand -für ihre Verhältnisse- sehr schnell auf. Sie wusste genau, was ich wollte: Decke auf den Tisch und Näpfe drauf.

Dieses Ritual wiederholte sich jeden Morgen, ja, meine Gefährtin schien direkt darauf zu warten, dass ich sie weckte. Gut, es war eben meine Aufgabe dafür zu sorgen, dass alles rechtzeitig fertig war, wenn mein Freund mit der Beute wieder nach Hause kam.
Jeder hat so seine Verantwortung im Leben, auch ich.
Diese Zeit, während mein Freund die Beute holte und meine Gefährtin den Tisch vorbereitete, schweißte uns zwei Frauen zusammen. Immer wieder machte meine Gefährtin kleine Pausen bei den Frühstücks-Vorbereitungen, um mich zu kraulen und erzählte mir dabei von ihrem Hund Charly.

So fand ich heraus, dass Charly viel zu früh gestorben war, genau wie mein Zwillingsgefährte. Charly war zwar nicht von einem Lastwagen überfahren worden, aber er war krank und musste eingeschläfert werden, damit er nicht weiter unter den Schmerzen zu leiden brauchte. Dieser Gang zum Tierarzt war der schrecklichste Weg im Leben meiner Gefährtin.

Ihr kamen beim Erzählen immer noch die Tränen. Und sie fragt sich noch heute, ob das wirklich der einzige und beste Weg war für Charly.

Ich verstand sie nur zu gut. Ich wusste ja selbst aus eigener Erfahrung, was es heißt, eine geliebte Seele zu verlieren und sich die Frage zu stellen, was gewesen wäre wenn, wenn, wenn.

In diesem schattigen Leid waren wir Gefährtinnen, ebenso wie in allem, was wir sonnig fanden. Und das überwog. Noch.

Die nächsten Tage und Nächte klärte sich sehr viel für mich auf. Weihnachten zum Beispiel ist einfach die Zeit der Wunder, wenn man daran glaubt und darauf wartet.

Mein Freund und meine Gefährtin hätten unter normalen, außerweihnachtlichen Umständen nämlich nicht hier sein können. Soweit ich es verstanden habe, ist ihnen folgendes passiert: sie hatten den kleinen blauen Dicken verkauft, weil er ein wenig schwächelte und Durst hatte wie ein großer Dicker. Vor allem aber hatten sie geglaubt, mit dem neuen kleinen Weißen, den sie Flocki nannten und der einen Nagelmotor hatte, billiger und damit öfter zu mir kommen zu können.

Typisch Mensch, falsch gedacht.

Denn drei Tage vor der Abfahrt aus Berlin, wie das Revier heißt, aus dem sie kommen, streikte der Motor des Weißen. Er musste repariert werden. Aber ganz wiederhergestellt war Flocki wohl leider nicht. Denn noch bevor mein Freund und meine Gefährtin die erste große Reviergrenze passieren konnten, blieb er liegen und machte keinen Mucks mehr. Wie eine Spinne, die sich regungslos einrollt und sich tot stellt. Schlimm genug, aber wie mein Freund und meine Gefährtin sich gegenseitig und mir versicherten, geradezu eine blanke Katastrophe, da das Unglück zur Mittagszeit an dem Tag geschah, an dem gegen später der Heilige Abend, also das eigentliche Weihnachten, gefeiert wird. Die Malaise geschah auf der Autobahn.

Ich wusste damals noch nicht, was eine Autobahn ist, aber dass es offensichtlich kein sehr angenehmer Ort zum Liegenbleiben ist, verstand ich schon. In der Nähe ihrer Havarie gab es ein paar kleine Orte; und eine freundliche Menschenseele -meine Gefährtin sprach sogar von einem vom Himmel geschickten Engel- schleppte das weiße Auto wie ein leck geschlagenes Boot zu einer kleinen Autowerkstatt.
Leider war dort nicht rasch festzustellen, was Flocki fehlte und weshalb er nicht mehr weiterwollte.
Für eine richtige Untersuchung des Motors brauchte es Zeit, Zeit die mein Freund und meine Gefährtin nicht hatten, da sie hierher zu mir wollten. Der Werkstattleiter entschloss sich -mehr aus Gefühl, als aus Überzeugung- das kleine und heil aussehende Teil auszuwechseln, das den Saft in das Herz eines Motors pumpt, wie die Lunge, die einem die Luft zum Pulsieren des Herzens gibt. Und das Wunder geschah: Flocki konnte wieder atmen; er hatte einfach keinen Saft mehr bekommen.

An dieser Stelle der Geschichte bekommen mein Freund und meine Gefährtin noch heute, Jahre später, einen ganz eigenen verklärten Gesichtsausdruck. Mein Freund hat es einmal so umschrieben: eine von ihm gegangene Seele muss in diesem Augenblick das Geschehen oben vom Menschen-Himmel aus gesteuert-, und dafür gesorgt haben, dass es wie versprochen zwischen uns dreien ein Wiedersehen an Weihnachten geben konnte. Wenn auch erst in der Nacht des Heiligen Abends.

Genug der gemütvollen Geschichten. Es gab, nachdem die beiden auch innerlich glücklich bei mir angekommen waren, ein drei Tage dauerndes Fest mit leckersten Näpfen, viel Lachen und tanzenden Gefühlen.
Und einen mit blauen Bändern geschmückten Mimosen-Ast, den mein Freund als Weihnachtsbaum bezeichnete. Viel später sollte ich richtige Weihnachtsbäume sehen, beladen mit Glocken, Girlanden und Kerzen und im Vergleich dazu war die Bezeichnung Weihnachtsbaum für diesen kargen Ast so übertrieben, als wenn man eine Pfütze ein kleines Meer genannt hätte, wenn Sie wissen, was ich meine.

*

Wie immer, wenn es einem besonders wohlig und wonnig geht, die innere Sonne strahlt und lacht, kommt irgend eine dämpfende Wolke praktisch aus dem Nichts und wo eben noch paradiesische Wiesen waren tut sich ein höllischer Abgrund auf; so ist es doch, oder?

Und dieses Mal war es nicht anders.

Ich hatte keinen blassen oder gebräunten Schimmer, worauf ich mich einließ, als ich am späten Morgen des vierten Tages unseres Wiedersehens voller Freude in den schön breiten Laderaum des Flocki sprang, in den mir die beiden meine Schlafdecke gelegt hatten. Für mich war klar, dass dies eine Art Test war, ob ich damit einverstanden wäre, mit meinem Freund und meiner Gefährtin hinzufahren, wo immer es hin ging. Und natürlich wollte ich.

Naja, ehrlich gesagt nur einerseits, denn andererseits wollte ich meinen vergessenen Garten auf Dauer auch nicht missen. Gegen eine kleine Spazierfahrt war allerdings überhaupt nichts einzuwenden.

Zum ersten Mal in meinem Leben sah ich die Straße, von der sonst nur die Uferlichter zu meinem Hügel hochblinzeln, von ganz nah und war froh, bestens geschützt hinten in dem Flocki zu liegen: mon Dieu, schneller als die flinkesten Windhunde und verrückter und aggressiver als jeder scharf gemachte Köter schossen die Autos aneinander vorbei. Dazwischen versuchten Menschen von hier nach dort zu laufen, standen aber meist ratlos am Straßenrand, da sie von den rasenden Wagen sonst platt gemacht worden wären.

Meinen Freund schien dies alles nicht zu beunruhigen. An einem Glimmstengel ziehend, steuerte er das kleine weiße Auto durch alle Hindernisse, sang dabei und freute sich seines Lebens, während ich um unser aller bangte.

Gut, der Blick auf das nahe gelegene Meer war sehr schön, ich konnte weit, sehr weit sehen aber praktisch nichts erkennen, weil ständig irgendetwas mein Blickfeld kreuzte oder versperrte. Als mir das zu blöd wurde, legte ich die Ohren an und mich selbst -flach wie eine Flunder- auf meine Schlafdecke. Ja man kann sagen, ich ging in Deckung und genoß das sanft wiegende Gleiten des kleinen Autos.

Mit geschlossenen Augen gelang mir die Vorstellung, auf einer Wolke zu sein und durch einen niedrig liegenden Himmel zu schweben.

Doch immer nur kurz, denn ständig wurde dieser Flug unterbrochen von nervenden, mich nach vorne drückenden Bremsmanövern.

Straßen sind die kürzeste Verbindung zwischen unendlich vielen Hindernissen, sollte meine Gefährtin später einmal zu mir sagen und damit hatte sie verdammt recht. Ganz ehrlich gesagt, sind Straßen eigentlich eine unendlich lange Aneinanderreihung von Hindernissen, aber bitte, man muss manchmal durch sehr viele dichte Gebüsche, um an den Napf zu kommen, nach dem man sich sehnt.

Mir war wirklich nicht klar gewesen, worauf ich mich bei dieser vermeintlichen Spazierfahrt eingelassen hatte. Hätte ich gewußt, dass es schnurstracks in den weißen Tempel meiner Lieblingsfeinde, den Katzenbastarden, ging, nein, ich wäre um nichts auf der Welt mitgefahren.

*

Schon von außen ahnte ich das Unglück, in das ich mich freiwillig begeben hatte: „Villa des chats", also Katzen-Villa, stand in geschnörkelter Schmiedeeisen-Schrift an einem der runden Toreinfahrts-Pfeiler, vor dem mein Freund den Flocki abstellte. Doch damit nicht genug: unter der metallenen Schrift war in romantisch-zarten Farben eine lebensgroße Katze mit babyhimmelblauen Augen auf das weiße Pfeilerrund gemalt. Und zwar verdammt gut, verdammt echt; vor allem die großen runden Augen sahen lebendig aus. Zu lebendig für ein Bild. Das waren mächtige Magie-Augen.

Wäre diese Katzenvilla in meinem Revier gewesen und hätte ich diese Katzenbastard-Malerei das erste Mal nachts auf einer Napf-Beuterunde entdeckt, gut möglich, dass ich mich mit meinem gefürchteten Panthersatz auf das Mauer-Bild gestürzt hätte. Zum Glück ist mir diese Peinlichkeit erspart geblieben.

Den Mann, der uns öffnete, kannte ich flüchtig. Er war nicht mehr ganz jung, aber gemütlich gerundet, fit, und sein Gesicht sah aus wie die zufriedene Miene eines großen, grinsenden Katzenbastards. Er hieß Dieter, wie ich von früheren Begegnungen wusste.

Dieter hatte meinen Freund und meine Gefährtin damals, in den Tagen und Nächten, als wir uns kennen und vertrauen lernten, gelegentlich besucht.
Ich hatte mich gewundert, dass er nicht nur wie ein Menschen-Katzenbastard auf zwei Beinen aussah, sondern auch nach meinen vierpfotigen Lieblingsfeinden gerochen hatte. Nicht für Menschen-Nasen, aber für meine Hündinnen-Schnauze schon. Seltsam genug, dass ich ihn schon damals trotzdem nicht unsympathisch fand, sondern mochte. Er hatte ein Herz für Tiere, auch für Hunde, doch, das bemerkte ich an dem Tonfall seiner Stimme, als er mich ansprach, damals, in der Zeit der buntgefärbten Blätter, als er auf einen Kaffee und mehrere Cognacs mit meinem Freund bei meinem Lieblingshaus verweilte.

Auch in der bangen Wartezeit auf meinen Freund und meine Gefährtin, in den unendlich langen Tagen und Nächten bis es wundersam doch noch Weihnachten wurde, war Dieter manchmal mit seinem dicken großen Auto vorbeigekommen und hatte mir ein Leckerli gesteckt. Oder auch zwei. Der Typ war irgendwie in Ordnung, punktum. Katzenduft hin, Katzenduft her.

Soweit ich es mitbekam, hatten mein Freund und Dieter vor Jahren ein gemeinsames Heimatrevier im Süden von Mark-Land gehabt.

Komisch, dass Menschen wie Tiere ein gemeinsames Revier verbinden kann, obwohl man sonst nichts voneinander weiß. Für mich wäre dieses alte Revier meines Freundes wohl nichts gewesen, obwohl ich mich bei aller Bescheidenheit als Menschensprach-Genie bezeichnen kann. Aber wenn die beiden miteinander quatschten, in einem Dialekt, den meine Gefährtin schwäbisch nannte, war Ende. Keine Chance für Außenstehende, auch nur ein Wort zu verstehen. Oder können sie mit „hawassagi" oder „ischguat" etwas anfangen?

Mir war ihr Kauderwelsch -ehrlich gesagt- schnurzwurz, denn wie gesagt, die Stimme des Herzens von Dieter war verständlich und verständnisvoll, ja, er war sogar ein bemühter Charmeur: Während er mich kraulte, versuchte er sich stets auf's Neue in kurzen Komplimenten und lobte mich als eine gute, brave, schöne Hündin. Bitteschön, schon tausendmal gehört, aber immer wieder angenehm.

Wo war ich stehen geblieben? Richtig, vor der Katzen-Villa.

Dieter öffnete das schwere, weiße Eingangstor mit einem elektrischen Zauberkästchen und wir drei betraten das Anwesen.
Oh Gott, es war schön, gepflegt, mit Pfiff angelegt, ja, edelelegant, aber an jeder Ecke, auf jeder Steinplatte, überall erschnüffelte meine Schnauze den verhassten Geruch von Katzenbastarden. Hier wohnte nicht nur ein Exemplar dieser Anschmieg-Magier, nein, hier residierte eine ganze Armada meiner Lieblingsfeinde.

Geschmack hatten sie ja, diese Biester. Das Anwesen bot einen hervorragenden Blick auf's Meer, hatte mehrere Eingänge, eine Auto-Hütte, sauber geschichtete Holzstapel; und ringsherum Hecken, dicht genug, um alle neugierigen Blicke von außen abzuschirmen aber durchlässig genug zum unbemerkten Rein- und Rauskommen für die samtpfötigen Abzocker.

Und einen Pool gab`s auch noch, einen richtig großen, ohne eckige Kante. Er war vorne, hinten, an den Seiten, einfach überall sanft abgerundet wie eine Stranddüne und geformt wie ein schwangerer Kontrabaß.
Jetzt wundern Sie sich sicher über diesen Vergleich mit dem Kontrabaß, aber in dem Zuhause, das ich einst hatte, wurde klassische Musik gepflegt, ob ich es wollte oder nicht. Ich wollte nicht, aber danach fragte nie jemand.

Zurück zur Gegenwart. Die Sonnenstrahlen blitzten auf das azurblaue Wasser des Pools und bildeten auf seiner Oberfläche kleine, umherhüpfende, mich blendende Lichterinseln. Während ich die Augen zukniff -damit sie, gereizt durch die Reflexionen, nicht tränten- kam mir eine Vision, eine furchtbare Vision: ich sah rings um den sanft gewellten Poolrand höhnisch lachende Katzenbastarde auf ihrem Allerwertesten sitzen. Sie hielten ganz lange, schwere Knabberstangen wie Steckruder in den Pfoten. Und die Schnauzbarthaar-Bande amüsierte sich köstlich damit, mich, die ich in der Mitte des Pools um mein Leben strampelte, zu piksen. Sie wollten, dass ich unterging, ja! Brrr, Horror laß` nach!

Endlich waren wir im Innern der Villa und der Pool-Alptraum verflüchtigte sich, um wenig später dem nächsten Platz zu machen.

Der große Wohnraum war behaglich barock eingerichtet mit vielen alten Schränken, deren Holz aussah wie Felsskulpturen, die vom Wind gekonnt geschliffen waren. Genial schön, richtig behaglich. Auch die Teppiche -vom Feinsten, tief, weich, ich lief darauf wie auf warmem Sand. Der große Esstisch war aus Glas gegossen, fettem klaren Glas, was die Platte trotz ihrer wuchtigen Größe luftig erscheinen ließ. Die Stühle waren hervorragend breit, mit einladenden Lehnen, dicht geflochten aus Weidenholz und bestückt mit bequemen Sitz- und Rückenpolstern. Doch, hier ließ es sich aushalten. Das Prunkstück aber war der meterbreite Kamin mit einem weißen Steinbalken darüber, so groß, dass ein Auto darunter gepasst hätte. Und auf diesem Steinbalken stolzierte der nächste Alptraum: eine weiße Katze, eine Zauberfell-Fee mit exakt den babyblauen Augen wie das Steinkatzenbild an dem Eingangspfeiler. Ihr Name war Lucky, also die Glückliche. In diesem Moment hätte es mir nichts ausgemacht, wenn sie mich statt Clochmar lieber Tristy, die Traurige genannt hätten. Denn es war mehr als traurig, dass ich aus einer Entfernung von nur zwei Panthersätzen hilflos, zum Still-Halten verurteilt, mit ansehen musste, wie besagte Lucky über den Kaminbalken flanierte. Sie fixierte mich in aller Ruhe mit ihren meerblauen Murmelaugen von oben herab wie eine Königin ihren ergebenen Untertan. Wenn Hunde beten könnten, hätte ich in diesem Moment ein Stoßgebet gen Hundehimmel geschickt, dass es diese eingebildete Katzen-Herrscherin vom Kaminsims runterbrezelt und sie sich das erhabene Fell an der Kaminglasscheibe versengt.

Ist doch wahr, soviel Arroganz auf vier Pfoten hatte ich ja in meinem ganzen Leben noch nicht erlebt.

Aber nichts dergleichen geschah. Lucky balancierte um die Balken-Ecke auf das -garantiert extra für sie- in gleicher Höhe angebrachte Holzbrett, auf dem neben Vasen und Krimskrams, edlem Krimskrams, ein Körbchen mit Tischtennis-Bällen stand.

Na und jetzt ging die Show erst richtig los. Bällchen um Bällchen wurde lässig mit einer Pfote heruntergeputzt und als alle auf dem Boden waren, wusch, sprang Lucky hinterher und sammelte die klickenden Klunkerbälle wieder auf.

Bravo, hoffentlich brachte sie diesen Mist auch zur Morgenstunde, wenn alle schliefen und von dem Klickklackboing aus dem Schlaf gerissen wurden.

Ich wünschte mir eine Zauberfee herbei, die die Tischtennis-Bällchen gegen winzige Tennisbälle, gefüllt mit Beton, tauschen konnte. Und dann, wums, Lucky mit der Pfote dagegen...

Seien Sie unbesorgt, niemand bemerkte diese rachelüsternen Gedanken von mir: brav wie ein wohlerzogener Lärmer lag ich auf meiner Decke neben dem Stuhl meines Freundes und hoffte inständig, dass dieser Ausflug bald zu Ende gehenund sich nie mehr wiederholen möge.

Ein Irrtum im doppelten Sinne: erstens kamen wir noch oft in diese Katzenvilla und zweitens blieben mein Freund und meine Gefährtin sehr sehr lange. Gut, es gab dafür ein viergängiges Menü vom Feinsten und ich bekam Leckerbissen ab, die ich noch nie in meinem Leben gerochen, geschweige denn gekostet hatte.

Ein kleiner Trost für die Hölle, die ich angesichts der ständig durch ihren Palast marschierenden Katzen durchlitt.

Bei aller Liebe und bei allem Haß -die Namen meiner Lieblings-Pfotenfeinde konnte ich mir zwar merken, aber schon nach zwei drei Kampfblicken nicht mehr zuordnen: es gab da eine Fiffi, einen Struppi, einen Jimmy und noch ein paar gefleckt-fellige Schmarotzer.

Mich beachtete stundenlang praktisch niemand, im Gegensatz zu der Katzenbastard-Bande. Bestenfalls wurde ich ermahnt, mich ja zu beruhigen und gefälligst kein Theater zu machen, sprich: den Pfotenbiestern nicht hinterher zu hechten.

Mir gingen die Erzählungen, wie lieb und gleichzeitig verwahrlost Struppi, Fiffi, Jimmy und Co waren, ganz schön auf den Senkel. Das waren doch alles nur Tricks und Täuschungen der ausgebufften Tatzen-Mafia, um an überquellende Näpfe und in wohlig warme Decken zu kommen. Was sonst?!

Viel später sollte ich diesen peinlichen Irrtum von mir korrigieren müssen.

Einen ganz kleinen Triumph, naja, eher eine bescheidene
Rachegeste gönnte ich mir ganz am Schluß, als wir in die
Nacht aufbrachen.
Der Weg nach draußen führte an den sauber geordnet da-
stehenden Futternäpfen vorbei, die gegen das Wegrutschen
mit einem Noppen-Vorleger geschützt waren.
Ganz schön nobel für die kleinen Popel.
Aber bitte, so konnte ich mit einem alle überraschenden
Haps einen ganzen Batzen der Katzen-Cracker schnappen,
ohne dass die Schüssel nach hinten weggerutscht wäre. Und
da ich gerade mal dabei war, schlabberte ich den Paradies-
Partisanen auch noch die Milch weg.
Damit handelte ich mir zwar einen Tadel von meinem Freund
ein, aber so ganz ernst meinte er ihn nicht. Das hörte man
seiner Stimme an. Ich glaube, er verstand sehr gut, was ich
in den letzten Stunden durchgemacht hatte in dieser Villa
des chats.

Irgendetwas habe ich jetzt vergessen, Ihnen zu erzählen.
Richtig, die Gefährtin von Dieter war ja auch da. Sie hatte
uns allen das wunderbare Menü serviert und gekocht.
Sie hieß Christa und sah aus, wie eine ganz liebe, eher klei-
ne, schon leicht proper gepolsterte Menschenkatzenmama
mit zwei großen Herzen und einem gütigen Lächeln in den
Augen. Beim ersten Blickkontakt war mir klar, dass sie eine
verschmuste Katzenseele hatte, aus einer Zeit, als es nur
Katzen und noch keine Hunde gab.
Denn Christa war so mild und sanft, auch zu mir, dass sie,
glaube ich, die Worte Kampf, Haß und Rivalität gar nicht
kennt. Weder zwischen Tieren, noch zwischen Menschen.
Es passte, dass Christa die Malerin des Katzenbildes an der
Pforte, die wir jetzt hinter uns ließen, war. Eben eine Künst-
lerin, eine Seele von Menschenkatze, eine Grenzgängerin zwischen der Welt der Farben und den Farben der Wirklichkeit,
das war Christa. Dass sie auch ganz anders sein konnte,
sollte ich erst viel später erfahren.

Ein Gutes hatte der Ausflug in die Villa des chats gehabt:
mein Freund und meine Gefährtin wussten nun, dass ich
problemlos überallhin mitzunehmen war. Und gerne Auto
fuhr. Allerdings fuhr und nicht ständig abbremsend aus
meiner Panorama-Sicht oder meinem wiegenden Gedöse auf
der Decke gerissen wurde.

Mein Freund und meine Gefährtin waren richtig stolz auf mich und meinen tadelfreien Benimm bei den Katzen-Bastarden.

Für mich war es selbstverständlich, dass sich Freunde gegenseitig nicht blamieren, wenn es sich vermeiden lässt.

Wobei es schon die härteste aller Prüfungen war, dass mir die Miau-Mafia vor der Nase herumstolziert war und ich nicht ein einziges Mal zu meinem gefürchteten Panthersprung ansetzen durfte. Nicht einmal nur so zum Spaß, um den bestens behüteten Biestern einen Schreck einzujagen: man stelle sich vor, diese Lucky hätte es bei ihrer Kamin-Promenade durch einen Knurrer von mir aus der Balance gebracht. Na da hätte es Porzellan zerschlagen, vom allerfeinsten. Mit Struppi, dem alten Kempen, hätte ich wohl meine Probleme gehabt. Das war einer dieser haarzersausten Haudegen, die wissen, worum es im Leben geht: um die besten Stücke, um´s Filet.

Ja, ich gebe zu, vor Struppi hatte ich Respekt. Der war fähig, einem die Tatze so in die Schnauze zu hauen, dass man eine Woche lang nichts mehr riechen kann vor lauter verkrustetem Blut.

Jetzt fragen Sie mich bloß nicht, weshalb ich so positiv über diesen Katzen-Veteran denke. Es könnte daran liegen, dass Dieter, sein Herrchen, ihn vor Jahren halbtot, mit einer bösen Bißwunde am Bauch, aufgelesen hat. Struppi war wohl schon mehr im Jenseits, als noch in irgendeinem anderen Revier hier auf der Erde.

Er war ein heimatloser Streuner, der viel Pech hatte und gleichzeitig, im allerletzten Moment das irrsinnige Glück, einer Menschenseele zu begegnen, die ihn nicht aufgab. Warum? Weil Dieter eine Seele war, die noch nie in ihrem Leben aufgegeben hatte und stets an das Alles statt an das Nichts geglaubt hat. Und das hatte er mit Struppi gemeinsam. So einfach ist das manchmal.

Ohne dass ich sagen könnte weshalb, schoss mir die Frage durch den Kopf, woran ich eigentlich glaubte und wo die Gemeinsamkeit zu meinem Freund und meiner Gefährtin war? Ich sollte erst viel viel später eine Antwort darauf bekommen.

So schön, edel und geschmackvoll elegant die Villa des Chat war, mir gefiel mein Lieblingshaus besser. Es war einfach praktischer und es war ganz allein mein Revier.

Und nebenan grenzte mein vergessener, verwilderten Garten und kein Pool, bei dem ich Alpträume bekam.

Und die Tatzen-Mafia hatte hier bei mir wenig bis gar nichts zu melden. Und zu meinem Hügel rauf waren es nur ein paar Minuten und von dort hatte man einen besseren Blick, als sich die Pfotenbiester in ihrer paradiesischen Villa auch nur träumen lassen können.

Nicht dass Sie jetzt glauben, ich wäre neidisch oder eingebildet, nein. Es ist nur so: ich brauche meine Hecken, mein Gestrüpp, ich brauche meine Pfade und Schleichwege, ich brauche meine ungepflasterte Terrasse mit den kleinen Kieseln, auf denen man sich so schön wälzen kann, wenn es einen juckt. Und ich brauche meinen Sonnenaufgangs-Blick, hinüber, zu den Bergen, durch die sanft hin- und her schwingenden Blätter der Bäume.

Und ich brauchte mehr und mehr meinen Freund und meine Gefährtin. Wir drei gehörten einfach zusammen und da tat es gar nicht gut, sondern richtig weh, als die beiden sich gegenseitig daran erinnerten, dass ihr Urlaub leider, leider bald wieder zu Ende war.

Ich wusste, dass das Gespräch nun auf mich kommen würde und so war es auch. Meine Gefährtin hätte mich am liebsten mitgenommen, wie sie mit Tränen in der Stimme sagte, in dieses Markrevier im Nord-Osten, genannt Berlin. Aber mein Freund war dagegen, auch wenn er schwer dabei schluckte. Für ihn stand fest, dass ich in diesem Berlin krank und unglücklich werden-, vielleicht sogar sterben würde.

Ich weiß nicht warum, aber es müssen in diesem Revier viele kranke, kaputte Menschen leben und die Luft scheint so alt, stickig und verbraucht zu sein, dass sie manchmal schmerzt. In den Augen und beim Atmen. Das sagten sich mein Freund und meine Gefährtin gegenseitig, als wollten sie sich an etwas erinnern, was sie beide längst wussten.

Obwohl ich möglichst unauffällig dalag und diesen tristen Erklärungen nur heimlich lauschte, konnte ich mir einen langen tiefen Seufzer nicht verkneifen. Weshalb um alles in der Welt leben Menschen in einem Revier, das ihnen nicht gut tut? Und warum lebten mein Freund und meine Gefährtin in so einem Revier?

Hier bei mir, in meinem Revier war die Luft frisch, warm, klar, ganz selten kalt, die Bäume groß, grün und gesund, das Meer ganz nah und der Hügel noch näher.

So ganz nachvollziehen konnte ich es nicht, aber begreifen konnte ich es schon, dass es im Leben der Menschen eine Art Macht gibt, die genauso wichtig ist, wie für uns Hunde ein gefüllter Napf: das Geld. Ich konnte mich daran erinnern, dass exakt diese Macht schon beim ersten Mal, als die Beiden hier waren, die Gespräche beherrschte, wenn es darum ging, dass sie sich wünschten, von meinem Revier und mir niemals mehr wegfahren zu müssen.

Wenn ich doch nur ein besseres Gedächtnis hätte, so wie Elefanten. Die vergessen über Jahre nichts, hieß es einst in der Flimmerkiste. Aber Elefanten sind ja auch viel größer als ich und in einen Elefantenschädel passt dementsprechend mehr hinein.

Ein bißchen geräumiger hätte mein Gedächtnis allerdings schon sein können. Denn mir war auch entfallen, was mir mein Zwillingsgefährte im Himmel in einer unserer Vollmond-Nächte zu diesem Thema Geld gesagt hatte. Dass es etwas mit einem Art inneren Gral zu tun hatte, wusste ich noch. Aber der Rest war Schweigen in meinen Hundegehirn-Zellen. Mist. Wann war wieder Vollmond?
Erst in einer Woche, wenn ich mich nicht irrte. Schöne Kacke, da waren die beiden, wenn ich sie richtig verstanden hatte, schon wieder weg. Sie hätten mal mit meinem Zwillingsgefährten reden sollen, er hätte ihnen bestimmt erklärt, wie das mit diesem Geld-Gral aus himmlischer Sicht läuft.

Aber können Menschen eine Hundeseele, die längst nicht mehr auf der Erde, sondern zwischen den Sternen wohnt, verstehen? Vielleicht, wenn sie sich wie ich auf den Grab-hügel... Nein, das wäre zuviel verlangt. Es musste einen anderen Weg geben, ich wusste nur noch nicht welchen.

Die letzten paar Tage und Nächte unserer gemeinsamen Zeit um Weihnachten herum waren angebrochen.
Das spürte und sah ich an diesem Morgen nach dem Ausflug in die Villa des chats, der frisch aber sonnig war.

Mein Freund stand schon draußen auf der Kieselterrasse, seine Kaffeetasse in der Hand. Er sah auf's Meer hinaus und sein Gesicht hielt er, die Augen immer wieder schließend, direkt in die morgendlichen Sonnenstrahlen.
Ich sprang, na, wir wollen mal nicht übertreiben, ich erhob mich langsam von meiner Couch und ging zu ihm.
Er kraulte mich, fest und richtig hart, als wären seine Finger die Zehen einer Pfote. Ich mochte das. In seinen Augen war hinter dem Lächeln wieder diese Traurigkeit in dem kleinen weißen Punkt zu sehen. Versteckt, aber meinem Blick nicht verborgen. Ganz lieb, mit einer zärtlichen Stimme wie eigentlich nur ein Vater zu seiner Tochter sprechen kann, erklärte er mir, dass er bald mit seiner Gefährtin wieder weg fahren müsse, von diesem wunderschönen Fleckchen Erde, das ihn immer wieder gesund mache. Aber er könne es nicht ändern. Ich müsse hier bleiben, so gerne er mich um sich habe.

Bei den letzten zwei Sätzen war er in die Hocke gegangen und sein Gesicht war ganz nah vor meinem, so nah, dass unser Blick eine Brücke bildete, über die unsere Gefühle von einem zum anderen rutschen konnten.

Was blieb mir übrig, als ihn zu schnäuzeln und ihm damit zu zeigen, dass ich verstand. Wenn ein Heimatloser wie er mich nicht in das Revier mitnahm, in dem er lebte, dann nur aus einem einzigen Grund: er wollte mich vor dem schützen, was er sich selbst zumutete. Ich hoffte nur, dass er sich nicht überschätzte und ihn all das, was er mir ersparen wollte, nicht selbst krank machte.
Ich habe damals wirklich noch nicht geahnt, wie recht ich mit meinen Sorgen hatte. Die, um das gleich anzumerken, nicht mehr in dieses Buch, sondern erst in das nächste passen.

Mein Freund und meine Gefährtin beschlossen beim Frühstück -inklusive des Schinkens, der auf keinen Teller passt, wenn Sie sich noch erinnern- dass wir drei die verbleibende Zeit bis zu ihrer Abfahrt ungetrennt miteinander teilen und genießen sollten.
Ja was denn sonst, dachte ich, ehe mir die tiefere Bedeutung dieses Vorsatzes klar wurde.

Heute war Silvester, der letzte Tag und die letzte halbe Nacht des Jahres, nach der Zählweise der Menschen. Mir grauste.

Silvester, das kannte ich doch noch von damals, als ich zu einer Familie gehörte. An diesem Tag spielen die Menschen gegen Mitternacht Krieg: es werden kleine Bomben gezündet und Raketen abgefeuert.
Wen oder was die Menschen treffen wollen, weiß ich nicht. Meiner Erfahrung nach schmeißen sie die Knaller-Bomben völlig wahllos auf Straßen, in Gebüsche, neben Bäume und freuen sich, wenn's ordentlich kracht. Wahnsinn. Sie verschwenden keinen Gedanken daran, dass wir Tiere überhaupt nicht wissen, was los ist und warum -wenn auch unbeabsichtigt- auf uns geballert wird.

Der Himmel ist in dieser Silvesternacht manchmal so hell, als ob die Sterne Autolichter angemacht hätten und zwar die von vorne, die starken, weit strahlenden. Nur bunter.
Sollten mein Freund und meine Gefährtin diesen Irrsinn etwa mögen und mitmachen?

Ich nahm mir vor, nach dem nächsten Beutezug die Tüten und Taschen in dem Wagen genau zu inspizieren, und sollte ich kleine Bomben oder Raketen riechen, dann konnten die beiden ohne mich Silvester feiern.

Meine Besorgnis war Blödsinn, wie sich noch vor dem Abend heraus stellte. Die beiden wollten mich zu einem Silvester-Menü mitnehmen, in ein Restaurant, ganz nah am Strand.

Um zu testen, ob ich das Restaurant mochte und ob der Koch und die Chefin mich in dem gemütlich gestalteten Gästeraum -mit großem Kamin und einem ständig laufendem Fernseher in einem alten Schrank- mochten, gingen wir nach unserem schon traditionellen Strandspaziergang auf einen Haps hinein.

Alles bingo dank Dodo, kann ich rückblickend nur sagen. Dodo war der Restaurant-Hund, ein Rüde, etwa so alt wie ich. Komischerweise mochten wir uns vom ersten Schnüffler an. Das war ungewöhnlich, für mich und für Dodo, wie uns die Restaurantchefin auf Francländisch, was ich bestens verstand, erklärte.

Im Nachhinein glaube ich, dass Dodo wegen seiner viel jüngeren Hundefreundin im Café gegenüber keinerlei nervendes Interesse an mir hatte.

Dazu kommt wohl, dass Dodo und ich denselben Geschmack hatten, was die Ernährung anging. Ein Hundeleben ist einfach zu kurz, um dauernd nur Langweiliges zu essen.

Glauben Sie's, oder glauben Sie's nicht, aber wir Gourmets auf vier Pfoten verstehen uns: Dosen-Fastfood bitte nur als Ergänzung und nur, wenn's unbedingt sein muss.
Viel lieber mochten wir die Leckereien, die gebraten, gewürzt und mit Soße veredelt waren. Dazu am besten Nudels, Nudels, Nudels, bis der Tierarzt kommt, hihi.

Dodo hatte in seinem Restaurant-Heimatrevier natürlich einen Logenplatz: ein alter abgewetzter Lederohrensessel in Reichweite des Kamins und mit Sichtkontakt zur Küchentür. Eine Idealposition, was das Abstauben von Essensresten anging und so sah Dodo auch aus. Ohne jetzt bissig sein zu wollen, aber für einen Rüden seines Alters schleppte er ganz schön Gewicht mit sich rum. Wenn es schnell gehen musste, sprich, wenn er rüber zu seiner Geliebten ins Café wollte, zog er sogar die rechte Vorderpfote leicht nach, weil er sein üppiges Gleichgewicht nicht ganz halten konnte.

Im gemächlichen Tempo fiel das aber bei ihm nicht auf. Jeder Hund hätte an Dodos Stelle dieselben Probleme gehabt. Denn allein die Pommes in diesem Art Wohnzimmer-Restaurant waren vom Allerfeinsten. Vor allem, wenn sie vorher kurz in der sahnigen Weißwein-Muschelsoße getränkt wurden. Zum Reinlegen und Abträumen, das sage ich Ihnen.

Stundenlang hätte ich noch in diesem Restaurant halb neben, halb unter dem Tisch liegen können, solange mir nur ab und zu von meinem Freund oder meiner Gefährtin auf einer Serviette ein köstlicher Haps gereicht wurde. Auffällig unauffällig, aber es war schon in Ordnung.

Die Atmosphäre in diesem Restaurant-Raum hatte sehr viel Frieden, Unaufgeregtheit, es stimmte alles. Zurecht hatten der Wirt und die Chefin das Lokal RELAX getauft, was soviel wie Entspannung bedeutet, wie ich später erfuhr.

Abgerundet wurde mein Premierenbesuch im RELAX von Dodos großzügiger Geste, aus seinem Wasserkübel trinken zu dürfen. Aber was heißt Kübel? Es war ein silberner Champagner-Kühler, hihi. Das hatte Stil.

Wir Hunde tranken aus einem edel-teuren Utensil, das sich kaum ein Gast auf den Tisch bestellen konnte. Denn so ein Champagner-Kübel kostet richtig Asche, wie mein Freund zu sagen pflegte.

Aber das Wasser blieb in diesem coolen Gefäß richtig angenehm kühl.

Dodo war ein Glückspilz-Rüde, soviel war mir klar. Hoffentlich kamen wir drei noch oft in dieses RELAX, dachte ich, als wir uns früh nachmittags bis zum Abend verabschiedeten. Die Chefin stellte noch einmal klar, dass Silvester bei Ihnen sehr ruhig ablief. Ich wedelte vor Begeisterung so wild mit dem Schwanz, dass er wie ein Kochlöffel gegen den Türpfosten klopfte. Ein ruhiges Silvester, wunderbar.

Auch mein Freund und meine Gefährtin fanden es angenehm, dass kein Rambazamba geplant war, sondern statt dessen ein fünfgängiges Menü. Na bitte, so konnte es doch von mir aus jede Woche Silvester werden!

Mein Freund und meine Gefährtin ließen sich zuhause in meinem Lieblingshaus an diesem Silvester-Abend sehr viel Zeit in dem gekachelten Verjüngungszimmer mit dem Jungbrunnenwasser. Und sie sahen beide wirklich glücklich und in sich ruhend aus, als wir endlich mit Flocki losfuhren. Es duftete auch sehr angenehm im Wagen, nach Vanille und Zedernholz. Meine Lieblingsdüfte, wenn ich das mal so einflechten darf. Der Duft kam von meinem Freund. Meine Gefährtin hatte ihm den Duft geschenkt, wie sie mir später erzählte.

Ich roch, wie immer, nach mir, das musste genügen und sollte niemand stören. Besonders freute mich, dass mein Freund und meine Gefährtin mir eine extra große Decke -eine dicht gewobene, warme- mitgenommen hatten. Damit ich es neben ihrem Tisch an Silvester ganz gemütlich und bequem haben sollte.

Alle Gäste in dem Wohnzimmer-Restaurant RELAX waren blendender Stimmung, teuer gekleidet, aber sie verhielten sich überhaupt nicht gespreizt. Das Klima war festlich, ohne aufgesetzte Fröhlichkeit. Der Kamin brannte, das Holz knackte und aus der Küche waberten wahrhaft paradiesische Düfte.

Der Restaurant-Rüde Dodo begrüßte mich wie eine alte Freundin, wir schlabberten gemeinsam einen Aperitif aus dem Champagner-Eimer und bekamen heimlich von dem Koch zwei kleine Vorspeisen-Teller gereicht.

Mit verschiedenen Fleischsorten, alle, wie es sich gehört, nur ganz leicht angebraten und innen noch frisch und bissig.
Exzellent, so kündigt sich ein Fest an, spekulierte ich und sollte recht behalten.
Fragen Sie mich jetzt bitte nicht nach den Einzelheiten des leckersten Menüs meines Lebens. Mir blieb keine Zeit, die Köstlichkeiten zu definieren, die mir zugesteckt wurden.
Sicher ist, dass es alles in allem viel zu viel war und ich Idiot zwischendrin auch noch die Pommes gegessen hatte, was meinen Magen füllte und leider leider kaum noch Raum ließ für das sahnig-schokoladige Dessert.
Beim nächsten Silvester-Menü passiert mir das nicht. Da können mir die ersten zwei Gänge an der Schnauze vorbei gehen, da konzentriere ich mich voll auf die letzten drei. Jawoll. Man lernt schließlich nie aus.

Richtig an`s Herz gewachsen ist mir bei diesem Silvesterfest, außer dem Koch Daniel mit seinen genialen Abschmeck-Künsten, auch sein Hund Dodo. Denn zwischen dem vierten und dem letzten Gang kam Dodo zu mir angewackelt, besser gesagt angeschnauft, und hatte seine alte Sesseldecke in der Schnauze. Er legte die Decke neben meine und wir tauschten nach einem kurzen, alles-sagenden Blickkontakt die Plätze. Das war ein Freundschaftsbeweis, wie er offener und ehrlicher nicht sein konnte. Es hieß praktisch, dass wir jeweils in dem Bett des anderen schlafen durften. Für einen erfahrenen Rüden wie ihn und eine gestandene Hündin wie mich absolut keine Selbstverständlichkeit, denn es bedeutete, dass wir einander riechen konnten.
Sie würden ihr Bett ja auch niemand überlassen, der Ihnen stinkt -hoffe ich jedenfalls.
Nach dem Menü floss der prickelnde Champagner nicht in Strömen, aber doch an allen Tischen großzügig, und die Gäste sangen miteinander das alte Frank Sinatra Lied "I did it my way".
Jetzt fragen Sie sich zurecht, woher ich diesen Song kenne. Ganz einfach, es ist die Hymne für alle Heimatlosen, die bei allem Schmerz und aller Trauer weder sich, noch den Glauben an die Schönheit des Lebens und die Weisheit des Schicksals aufgegeben haben.
Ja und so eine Heimatlose war ich und deshalb liebte ich es, als Franky-Boy mir aus der Seele sang. Und musste immer wieder auf`s Neue dabei eine Träne verdrücken.

Kurz vor Mitternacht drängten alle Gäste nach draußen, was ich verstanden hätte, wenn Sommer gewesen wäre. Aber um diese Jahreszeit hieß das, einen wonnig-warmen Platz gegen einen recht kühl-feuchten zu tauschen, und zwar ohne für mich ersichtlichen Grund.

Aber da sich auch mein Freund und meine Gefährtin eine Jacke überzogen und mich zu einer Promenade an den nächtlichen Strand einluden, sagte ich nicht nein. Nach diesem Menü wäre das ein Affront gewesen. Folge der Hand, die dich füttert, ist schließlich die älteste Hunde-Überlebensweisheit.

Es war meine erste Silvesternacht am Meer, und sie war unbeschreiblich schön. Die Sterne und ein halbrund angeschnittener Kuchen-Mond spiegelten sich in tanzenden Lichtinseln auf den behäbigen Wellen. Und vom Hafen her, der dort lag, wo die Sonne vor Stunden untergegangen war, leuchteten bunte Lichterketten von den Booten, als hätten die sanft schaukelnden Segelmasten an dem Pier einer Märchenstadt angelegt, die bunt und verträumt und nicht von dieser Welt ist.

Mein Freund und meine Gefährtin stießen ihre Gläser zärtlich aneinander, so gekonnt, dass ein Ton erklang. Sie wünschten sich zum neu geborenen Jahr das Beste füreinander und für mich. Danach schnäuzelten und umarmten sie sich und bedankten sich beide ganz herzig bei mir. Ich weiß nicht wofür, ehrlich.

Aber was mich bis heute mehr bewegt, ist die Frage, ob dieser Silvesterwunsch nun in Erfüllung ging, oder nicht. Denn einerseits sollte das neugeborene Jahr eine ganz schlimme Prüfung für uns drei als böse Überraschung bereit halten, andererseits wäre alles vielleicht ohne diesen Silvesterwunsch noch trauriger geworden.
Doch darüber kann ich Ihnen erst im nächsten Buch ausführlich berichten.

Damals jedenfalls, in diesem Augenblick, den wir drei miteinander vereint am Meer standen, war die Welt in Ordnung, wir waren's zufrieden und die Ewigkeit hätte von uns aus für alle Zeit genauso schön weitergehen können. Doch es sollte anders, ganz anders kommen.

Und auch wenn Sie mich jetzt vielleicht für verrückt halten, einen ganz kurzen Moment, nur so lang wie ein Augenzwinkern, sah ich in dieser Nacht, in diesem Moment, als wir drei miteinander verbunden waren wie die Wurzeln des selben Baums, auf dem Meer unser Herzkleeblatt. Es wurde von den golden blitzenden Spiegel-Inseln der bis auf die Wellen blinkenden Sterne geformt. Wäre dieser magische Moment nur nie vergangen.

Doch auch das vom Nachtsternenhimmel auf das Meer geschickte Herzkleeblatt konnte nicht verhindern, dass die gemeinsame Zeit von uns Drei nach Silvester immer schneller zerrann, wie nach unten strudelnde Sandkörner einer Schicksalsuhr, die keine Macht aufhalten konnte.

*

Ohne ein Wort war alles gesagt an diesem Morgen, als meine Gefährtin die Zauberkoffer zu packen begann. Schon das Frühstück hatte uns allen nicht geschmeckt. Wir hatten eigentlich gar nicht richtig gegessen, sondern nur herumgeknabbert.
Normalerweise ist mein Hunger nicht stimmungsabhängig, aber die bevorstehende Abfahrt der beiden schlug mir doch auf den Magen.

Ich verzog mich in meinen vergessenen wilden Garten, konnte den Blick aber nicht von meinem Lieblingshaus lassen. Mein Freund fuhr den Flocki die Auffahrt herunter, bis vor die Terrassentür und ließ alle Türen offen.
Meine Gefährtin brachte die Koffer und Taschen, in denen sich wieder einmal viel mehr befinden musste, als eigentlich hineinging und er verstaute das Gepäck stumm, traurig, aber konzentriert. Sowohl im Bereich des Rücksitzes, als auch hinten auf der geräumigen Ladefläche mit der Hecktür fand all das, was das Haus lebendig gemacht hatte, verpackt und verschnürt Platz. Auch meine Decke. Zum Heulen, einfach zum Heulen.

Mir kamen jetzt die Tränen, nicht, oder höchstens auch, weil ich heute abend wieder allein sein würde und mir nur noch die Erinnerung bleiben würde an diese herzensnahen Tage und Nächte mit den Beiden.

Aber viel schlimmer war, dass ich erkannte: in dem kleinen weißen Flocki war überhaupt kein Platz für mich übrig. Das hieß, selbst wenn sie mich hätten mitnehmen wollen, es wäre nicht gegangen. Diese grausame Wahrheit machte mich traurig wie ein kleines Kind, das sich nichts mehr wünscht, als einmal im Leben Karussell zu fahren, und mitansehen muss, dass alle Holzpferde besetzt sind und nirgends mehr ein Platz übrig ist.

Wenn ich mich so hoffnungslos verloren fühle, wie in diesem Augenblick, versuche ich immer, Trost im Schlaf zu finden. Es ist dann kein richtiger Schlaf, mehr ein Wegnicken in Träume, die schöner sind als alles, was mir die Wirklichkeit gerade zeigt.
Aber eigentlich sind dann ja meine Träume meine Wirklichkeit und so komme ich über die schlimmsten Stunden eines Abschieds wie diesem, halbwegs hinweg.

Meine herbeigesehnten Träume kamen nicht gleich, aber als sie meinen auf einen weichen Grashügel gelegten Kopf erreichten, sandten sie mir wundersame Bilder: ich sah uns drei auf der Terrasse eines verwilderten Anwesens stehen. Ob hinter uns ein Haus war, weiß ich nicht, vermute es aber. Auch Träume zeigen einem nicht immer alles.

Wir standen da und staunten hinaus auf's Meer. Die Wellen waren majestätisch gebogen wie riesige runde Eingangspforten und hatten die Farben des Regenbogens. Der Himmel darüber war weiß und so strahlend hell, dass die Sonne nicht mehr zu erkennen war. Aus dem höchsten Punkt der gebogenen Wellen schwebten immer wieder, ganz sanft und ganz langsam, kunterbunte Sternschnuppen in das Meer. Schillernd, funkelnd, irisierend-, wie Glitzer-Steine aus tausendundeiner Nacht.

Bevor sie im Meer abtauchten, hatten wir drei längst einen Gedankenboten mit einem Herzenswunsch zu ihnen geschickt.
Ich weiß es noch, als ob es gestern gewesen wäre, dass ich mir bei jeder Wellen-Sternschnuppe dasselbe gewünscht habe: dass nichts und niemand uns drei je trennen kann und wir all die Erdenzeit, die uns das Schicksal noch gewährt, miteinander teilen.

Am selben Ort, unter demselben Mond, demselben Himmel, derselben Sonne, demselben Regen, demselben Wind. In der Liebe unserer Seelen vereint und von keiner Macht der Welt getrennt.

Ich erwachte aus meinem Traum, in den ich mich geflüchtet hatte und sah mit bleierner Traurigkeit, die mich schwer machte wie einen Grabstein, dass drüben an meinem Lieblingshaus bereits die Klappläden verschlossen waren.

Das hieß, nicht die Stunden, sondern die Sekunden des Abschieds waren gekommen. Ich schleppte mich wie ein waidwund angeschossenes Tier zu den Beiden, die mit starren, stockenden Mienen auf mich warteten.

Wir hatten alle drei Tränen im Gesicht und in unseren Herzen, als wir uns zum Abschied schnäuzelten. Natürlich war es ein ganz kleiner Trost für mich, dass mein Freund und meine Gefährtin versprachen, zum Frühlingserwachen, an Ostern, wie sie es auch nannten, wieder hier bei mir zu sein. Aber der Frühling war noch weit weg. Und was Ostern war, wusste ich nicht.

Es gibt eben Situationen im Leben, die sind verkehrt, egal wie man sie betrachtet: es war verkehrt, dass die beiden mich nicht mitnahmen, es war verkehrt, dass sie nicht hier blieben, es war verkehrt, dass sie in einem Revier lebten, das einen krank macht, es war einfach alles verkehrt.

Sie fuhren ab, vollbeladen und ich blieb voller Schmerz zurück. Mir war klar, dass mich eine Zeit erwartete, die geprägt war mit Besuchen bei der Frankenländlerin und Beutezügen durch die Katzenbastard-Näpfe in der Gegend. Und wissen Sie was? Mir war es egal, in diesem Moment, denn selbst wenn mir täglich die besten Silvester-Menüs aufgetischt worden wären, ohne die beiden war mein Leben wie eine Lammkeule ohne Knochen, eine Muschel mit nur einer Schale, ein Himmel ohne Sterne, ein Meer ohne Wellen.

Das einzig Gute, das ich meiner einsamen Situation abgewinnen konnte, war die Tatsache, dass mein Freund und meine Gefährtin zurück kehren würden. Sie hatten das erste Mal ihr Versprechen gehalten und nun waren wir noch enger zusammen gewachsen.

Außerdem hatte ich in ihren Augen gesehen, dass sie der Abschied genauso ins Herz traf wie mich. Und Augen lügen nicht.

Ich wollte und konnte mir nichts vormachen: mein Leben war nicht mehr dasselbe, seit ich meinen Freund und meine Gefährtin getroffen und wir uns ins Herz geschlossen hatten. Mir war klar, dass mit jeder Stunde der Tag näher rückte, an dem es sich entscheiden würde, ob wir drei den Mut und die Kraft haben würden, an unsere Gefühle und unserer Freundschaft zu glauben, um dadurch den Traum, zusammen zu leben, Wirklichkeit werden zu lassen. Aber vielleicht würde auch die Angst vor dem Neuen, dem Ungewissen siegen und keiner von uns über seinen Schatten springen können.

Die Frage war, ob das Leben uns die Freiheit lässt, zu tun, was wir wirklich wollen oder ob wir lieber so leben, dass uns nichts angetan werden kann. Auch nicht die bittere Erkenntnis, dass ein Traum in der Wirklichkeit scheitert. Und wir ihn deshalb erst gar nicht zu leben wagen, sondern ihn nur in unseren Gedanken und Wünschen als tröstende Hängematte knüpfen. Als Traumland-Brücke, die das Leben, wie es ist, mit dem Leben verbindet, in dem wir glücklich wären.
Ich beschloss, darauf zu warten, welche Antwort das Schicksal für uns bereit hielt. Mir selbst war klar, dass ich alles dafür tun würde, dass wir drei auf Erden nach unseren Sternen greifen konnten.
Allerdings war mir damals nicht klar, was ich dafür alles riskieren musste. Aber weiß ein Federflieger, der im Winter aus der Kälte in Richtung Sonne fliegt, ob er ankommt? Nein. Die Hoffnung trägt ihn und die Hoffnung sollte auch mich über alle Klippen und Abgründe tragen, die auf uns drei warteten. Doch davon später mehr. Wenn Sie wollen.

Bis bald, au revoir,
herzlichst

Clochmar

Ob Clochmar und ihre menschlichen Freunde sich wirklich
trauen, ein gemeinsames Leben zu beginnen oder ob alles ein
unerfüllbarer Traum bleibt, können sie in dem zweiten Band

Clochmar – Das grenzenlose Versprechen

erfahren.

Dieser zweite Clochmar-Band erscheint

im März 2002

ISBN 3-8311-2559-7

Die Autoren:

Annette Sütsch,

Jahrgang 1960, lebt in Berlin, liebt die Provence, arbeitet in der Bezirks-Verwaltung und an dem nächsten Band von Clochmar.

Norbert Sütsch

Jahrgang 1957, lebt in Berlin, liebt die Provence, arbeitet als freier Autor für Filmgesellschaften und an der Fortsetzung seines Märchenromans „Das Lächeln des Regenbogens".

Norbert Sütsch

DAS LÄCHELN

DES

REGENBOGENS

Ein Märchen - nicht nur für Erwachsene

96 Seiten – illustriert

ISBN 3-926789-00-X

Auf der Suche nach ihrem Traum begegnet Ayala dem
Zauberer Wittov, von dem sie erfährt, dass die Herzen derer,
die ihre Träume aufgeben und vergessen, leer bleiben und
dass diese Menschen nicht mehr lachen können.
Am Ende der abenteuerlichen Reise erkennt Ayala:
„Es gibt nur einen Weg zu seinen Träumen zu finden,
der Glaube an sich selbst."

Sigrid Früh & Roland Kübler

FEUERBLUME

Märchen von Liebe,

Lust und

Leidenschaft

152 Seiten – illustriert

mit CD

ISBN 3-926789-28-X

„Feuerblume" nimmt die Leser mit auf eine Reise in das
Grenzenlose Land der Liebe, für das es auch heute noch
keine Landkarte gibt.

Mit der beigelegten CD ist dieses Buch
Ein Fest für alle Sinne